AF216221

Über dieses Buch

Ein Abenteuer In Italien. Ein sehr ungleiches Musikerpaar reist über Neapel nach Ischia. Er steht kurz vor der Pensionierung und ist 30 Jahre älter als sie, die er als Begleitung für seine Musik mitnimmt. Es ist zum Brüllen, was da alles passieren kann. Bei ihren Auftritten in St. Angelo werden sie vor grossem Publikum spielen. Sie sind nur Amateure und keine Profi-Combo, um so gerissener ist das Erlebnis für sie. Sie dringen vor bis in die Cava Scura. Wo sie sich erholen können.

Autorenhinweis

 Erica-Laurence Schneeberg wurde 1944 in Zürich geboren, wo sie bis heute lebt und arbeitet. Ihre früheren Berufe waren Grafik und dann die Musik. In der Musik war sie hauptsächlich als Musiklehrerin tätig. In den letzten 30 Jahren lebte sie an der Seite eines Musikers, mit dem sie gelegentlich Auftritte hatte. Jetzt schreibt und illustriert sie in völlig freier Art. Alles was sie schreibt ist aus der Erinnerung entstanden. Natürlich zieht sie manchmal auch etwas Phantasie zu ihrer Prosa bei.

Erica-Laurence Schneeberg

Wunderbare Reise

Der Musiker und seine Begleitung

Roman

Ein Abenteuer in Italien

Bibliografische Information der Deutschen Nationalbibliothek. Die Deutsche Nationalbibliothek verzeichnet diese Publikation in der Deutschen Nationalbibliografie, detaillierte bibliografische Daten sind im Internet über http.// dnb. dnb.de abrufbar

© 2019 Autorin: Erica-Laurence Schneeberg
Zeichnungen, Illustrationen Erica-Laurence Schneeberg
1.Auflage 2018
3.Auflage neu überarbeitet in grösserem Format

© 2019 Herstellung und Verlag
BoD -Books on Demand, Norderstedt

ISBN: 9'783746''092706

Inhalt

Seite

1. Vor der Abreise, Zürich–Neapel   3

2. Überfahrt Ischia Porto   27

3. Lacco Ameno -Forio   49

4. Baia di Sorgeto   77

5. St.Angelo   85

6. Höhenweg zur Cava Scura   127

Vorwort zum Roman und Reisebericht

Mancher Reisende freut sich an seinem Ferienort immer wieder über eine gute, gelungene oder eine spezielle Unterhaltung am Abend. Dafür scheut das Hotel oft keinen Aufwand. Was alles dahintersteckt, das wissen die Götter und der Gast hat keine Ahnung davon. In diesem Buch erfährt man, was ein Hotelier in Ischia Porto und in St. Angelo sich so alles ausdachte und was er alles zu bieten hatte im Jahr 1972.

Dabei erfährt man vor allem, was seine Musiker dazu erlebten, und das war nicht wenig, dies während ihrer Anreise, sowie schlussendlich bei ihrem Auftrittsort. Hier wird kein Profi-Ensemble, sondern ein Amateur-Musikerpaar vorgestellt, liebevoll beschrieben, das aber ständig voll im Einsatz steht. Der Ort, wo es stattfindet könnte nicht schöner sein, und dies kam dem Musikerpaar sicher sehr zugute. Zuhause in Zürich hätten sie nicht die Stimmung aufgebracht, wie sie es in St. Angelo beinahe geschenkt bekamen.

Die Hauptpersonen:
Ein Musiker und ein Mädchen

Poem, Ode an Ischia

Zusammen sind wir viel gereist und
Hatten ferne Ziele, viele.
Durch Europa ging es, auch übers Meer
Die Hotels haben wir heimgesucht
Und hinterliessen nichts.
Welches war das Schönste?
Das weiss ich jetzt nicht mehr.
Am schönsten war es auf Ischia,
St. Angelo und Casamicciola.
Oh Ischia, du Traum meines Lebens,
du Gitarren – und Orangengarten,
ihr Felsen und Grotten, du glänzendes Meer,
durch alte Städtchen nur Esel trabten
die Last auf dem Rücken
mit Wiehern IA und mit Hufgeklapper,
doch nachts war die Luft voller Musik, und
ohne dich gibt es kein Zurück.

1
Vor der Abreise

In einer wackligen Kutsche fuhr damals 1770 ein 14-jähriger Knabe mit seinem Vater über den Brenner nach Verona - Mailand – Rom – und sogar bis nach Neapel. Es war der junge Mozart. Auf seinem Retourweg brachte er keine schiefen Türmer aus Alabaster von Pisa mit. Sein Reisegepäck war die Musik. Nicht gar so unbequem war die Reise für einen der es auch erleben wollte, er nahm den Schlafwagen. Auch er folgt vor ca. 50 Jahren seinem inneren Ruf. Es war ein Lehrer und auch ein Musiker, wenn auch nur lokal bekannt und somit international verkannt.
Er war nicht mehr der Jüngste und colorierte bereits sein Haar. Haselnussbraun trug er es in dichten Locken um die Ohren, bis in den Nacken. Mit den Meerbädern ist der Zauber dann allerdings aufgeflogen, schlohweiss. Er trug nie eine Krawatte und der oberste Knopf an seinen massgeschneiderten Hemden, diese waren immer uni, weiss oder farbig, dieser Knopf war immer offen. Aber das wurde ihm bald zu kompliziert und von da an wechselte er zu Hemden mit Reissverschluss. Er war praktisch veranlagt. Diese Veranlagung führte womöglich dazu, dass sein Hauptfach als Musiklehrer die Gitarre war, aber seiner

Mandoline ist er stets treu geblieben, nachdem er diese gegen seine frühere Geige eingetauscht hatte. Die Mandoline war jetzt sein Trumpf Ass, das er aus den bald vergessenen, weniger gängigen Instrumenten aus dem Sumpf herausrettete, wenn er sie auch inzwischen mit einem Tonabnehmer modifiziert hatte.

Auch er wollte sich auf eine Reise nach Italien begeben, nur fehlte ihm noch eine Begleitung mit Gitarre.

Es war im Jahr 1972, als er sie vor ein paar Wochen in Zürich entdeckte. Sie lag im Schwimmbad auf der Wiese und ass eine Pizza und im Gras daneben hatte sie ihre Gitarre. Er blinzelte durchs grelle Sonnenlicht und dachte bei sich: «Wie das doch duftet, die ist genau richtig nach meinem Geschmack». Es war eigentlich eine dreifach- Entdeckung; der Duft der noch heissen Pizza, die Gitarre und das Mädchen. Ohne lange zu überlegen ging er auf sie zu und setzte sich neben sie ins Gras und fragte: «Ist es erlaubt, sie mögen wohl Pizza?» Sie bejahte noch im Kauen. Er sah ihr eine Weile zu und schritt zur Einladung: «Wollen sie heute mit mir kommen, ich lade sie ein ins Steakhouse in der Altstadt, das wäre doch eine Abwechslung.» Sie nahm die Einladung ohne zu zögern an und sollte es nicht bereuen. Auf so etwas hatte sie sogar schon gewartet. Er merkte das zwar, aber es tat ihr keinen Abbruch. Dasselbe galt ja auch für ihn und so waren sie schon einmal quitt. Ihm gefiel die Bescheidenheit der jungen Frau, und er konnte annehmen, dass sie die 68ger Jahre nicht an sich hatte herankommen lassen. Zu dieser Bewegung passte sie nicht, obschon sie so jung war, aber sie war anders. Keine Schminke, kein Trara. Nein, mit den Aufständischen der 68ger hatte sie nichts am Hut. Auf den nächsten Tag lud er sie ein zu sich in seine grosse Wohnung in der Altstadt von Zürich. Er wollte nichts anbrennen lassen. Sie staunte sehr über all die Instrumente, die im Wohnraum aufgestellt waren. Wie eine Garde von Zinnsoldaten reihten sich akustische Gitarren ordentlich in Ständern an der einen Wand entlang. Ferner gab es zwei Mandolinen, eine Humms, eine alte Mandorla und eine Harfe überthronte die kostbare Einrichtung. In diesem Studio begann zum ersten Mal ihr Zusammenspiel und er bezirzte sie mit einem virtuosen Tremolo auf der Mandoline. Sie lernte viel von ihm und war von Anfang an total begeistert. Er legte ihr eine seiner besten Gitarren in den Arm, prüfte noch einmal die Stimmung beider Instrumente und los ging es wie von selbst, als sie begannen zu musizieren. Sie begriff schnell was sie zu spielen hatte, nämlich die Akkorde, und schlug alsbald kräftig und rhythmisch über die Saiten. Er wusste sogleich: die hat Schmiss und er lobte sie: «Du bist gut, das gefällt mir!». Nach einigen Proben waren sie ein gutes, unzertrennliches Gespann.

In seinem Fach als Musiklehrer belegte er nur noch ein Halb Amt, und hatte für sechs Wochen Urlaub bekommen. Es war diese wenige Freiheit, die er noch in seinen letzten Jahren unbedingt ausnützen wollte. Es musste jetzt einfach mal etwas kommen, was er noch nicht hatte, obschon er schon lange davon träumte. Vor ein paar Wochen hatte er schon einige Kontakte mit Gitarristen und diese in seinem Studio, da war z.B. eine junge Frau und Sängerin, aber diese waren ihm alle zu eigenwillig. Jetzt hatte er vor sich, wonach er gesucht hatte. Diese war eben wieder einmal arbeitslos, weil ihr Vikariat als Gitarren-Lehrerin zu Ende ging. Daher war sie schon geübt in Anpassung, z.B. an das Konzept der Lehrer die sie vertrat, aber auch bei den verwöhnten Kindern die sie unterrichtete mit ihren vielen Wünschen und Träumen. Dort war sie immer eine Fremde die sich erst bewähren musste, und hier, bei diesem Musiker, bedeutete ihr dies auf einmal alles. Der Sommer war nun angebrochen und nach den Ferien würde sie ein neues Amt antreten. Noch war sie frei.

Er war zwar ganze 30 Jahre älter als sie, aber er sah immer noch hervorragend aus, denn er war sportlich. Jeden Tag gingen sie nun zusammen ins Schwimmbad und da erzählte er ihr, dass er früher Schwimmlehrer war und er wollte ihr immer das Crawlen beibringen, leider ohne grossen Erfolg. Aber das kümmerte beide nicht und sie dachte: '*Er sieht sogar besser aus als ich, und es sind nicht nur die Muskeln und diese gebräunte Haut. Seine ist weiss wie Marmor und einen Pelz auf der Brust hat er auch. Ich bringe meine jungen Jahre, und er das Können. Egal, was die Leute denken, bei ihm kann ich wenigstens etwas lernen*'. Sie hörte ihm immer gerne zu, wenn er ihr etwas beibrachte oder sonst etwas erzählte. Es fehlte ihm dabei nie an Witz, manchmal war es ergreifend, ironisch, und dann wieder einfach nur lustig. Sie lachten dauernd zusammen. Das Lächeln, das er ihr aufs Gesicht gezaubert hatte, blieb dort sitzen, wo es einmal war. Dann übernachtete sie zum ersten Mal in seiner Wohnung. Die ganze Nacht schmiegten sie sich aneinander und sie war verliebt. Er war es vielleicht weniger, denn er war ein gebranntes Kind mit seinen früheren Erfahrungen und den untreuen Weibern. Wenn sie am nächsten Morgen beim Frühstück ihm einen Kuss geben wollte, hielt er sie immer auf Abstand fern von sich, wie eine Puppe und nannte sie Püppchen. Sie fand das sehr lustig. Aber dann eröffnete er ihr, dass er sie mitnehmen möchte auf eine Reise nach Italien. Da war sie sofort einverstanden, kontaktierte noch zuvor die Eltern und dann ging es ans Koffer packen.

Im Zug nach Mailand

Mit Mandoline und Gitarre reisten sie nach Neapel. Alisa und Harald lagen in einem 2er Coupé des Nachtzugs nach Mailand. Sie wollte die Billette sehen, denn sie interessierte sich sehr für den Preis. Sie las Neapel. Sie wollte wissen, was sie ihm für Kosten verursachte. Er sagte zu ihr:

«Zwei Karten Einfach genügen, man weiss nie, Vielleicht fliegen wir zurück, oder es nimmt uns jemand mit. Das möchte ich erst einmal ausprobieren, man hat nie ausgelernt».

«Wie meinst du das?», fragte sie neugierig. Mit Augenzwinkern kam schelmisch seine Antwort: «Retour-Karten sind immer sehr begehrt dort unten. Man wird unterwegs gern mal ausgeraubt und wenn sie eine Fahrkarte 'Retour' erwischen, haben sie eine Fahrt gratis in die Schweiz». Sie sagte nur: »So, so», und dachte, dass er übertreibt, aber das Gegenteil würde sich noch herausstellen. Der Clou dieser Reise war für Alisa, dass er ihr das Reiseziel nicht verriet und es ihr bei allen verfänglichen Fragen vorenthielt, es sollte eine Überraschung werden, und das wurde es auch, sogar für beide, schon bald. Aber sie machte sich keine weiteren Sorgen, sie hatte lediglich ihre Gitarre mitzunehmen, das war alles.

Der Zug raste mit ihnen durch die ersten Nachtstunden und Harald wollte keine Langeweile aufkommen lassen und machte ab und zu einen Witz. In Airolo hielt der Zug für ein paar Minuten und ein paar Passagiere drängten durch die Gänge um noch etwas am Kiosk zu holen. Auch Harald stellte sich in den Gang vor ihrem Coupé um sich etwas die Beine zu vertreten. Da streifte ihn ein Reisender, als er am Fenster stand und Harald sah über die Schulter. Da erkannte ihn der andere und rief: «Ho, ho, wen haben wir denn da?» Alisa kam jetzt auch hinzu und. Der andere spottete:

«Hast wieder eine neue Braut, du alter Don Giovanni?»

«Was geht dich das an, du Schulzimmerhocker?»

«Ich reise jetzt!»

«Das wäre ja mal was Neues, bist du nun auf Souvenirs oder auf andere alte Sachen aus, ja es stimmt, ich habe was Neues». Dabei zeigte er stolz auf seine Begleiterin. Der andere lief weg und stürmte weiter durch die Gänge zum Kiosk um noch Zigaretten zu kaufen. Man sah ihn nicht mehr danach, vielleicht hatte er die Abfahrt verpasst.

«Gut, dass der weg ist, dieser Schwerenöter», sagte Harald zu ihr und er fügte bei: «Man hat eben nicht nur Freunde. Das war ein Lehrer aus der Nebenklasse, der sauer auf mich war, weil ich immer vor ihm schon den Ofen angeheizt hatte und es in seiner Schulstube noch kalt war, während ich schon meinen Morgenkaffe geniessen konnte».

Sie fuhren soeben durch den Gotthardtunnel ein und die Fensterscheiben bekamen Beschlag, diesen trüben Filz. Sie sassen im Halbdunkel der spärlichen Beleuchtung. Anstatt den Beschlag wegzuwischen malte er drei grosse Buchstaben darauf. 'Z – Z – Z.

«Was heisst das?» wollte sie wissen.

Er lächelte belustigt und flüsterte mit vorgehaltener Hand:

«Zerscht Zahle, tZumpel, das schrieb und sagte eine Italienerin im Zug zu ihrem Mitreisenden, der sie dauernd belästigte». Sie lehnte sich zurück und meinte: «Ach so».

Er merkte, dass der Witz etwas flach rauskam und er fuhr weiter etwas zu erzählen.

Der Bettler von Luino

«In Luino spielte ich mal am Strassenrand für einen Bettler, der einfach keine müde, keine einzige Lira in seinen Hut bekam mit seiner Maultrommel. Es war bereits Abend und der Wind frischte auf. Er war unrasiert, schmutzig, trug die schlotternden Hosen zu kurz, sein Jackett hing an ihm an den Schultern wie an einem Stecken. So machte er einen sehr erbärmlichen Eindruck auf mich, was natürlich seine Absicht war und ich dachte, dass der ziemlich hungrig sei, so wie der aussah. Kurz entschlossen nahm ich mein Instrument aus dem Kasten und begann etwas auf der Mandoline zu tremolieren, einfach eine italienische Phrase aus irgendeinem italienischen Lied. Da flogen aber die Münzen und Geldscheine nur so in meinen kleinen Koffer, den ich natürlich absichtlich geöffnet liess. Langsam füllte sich auch sein Hut, da wollte der Bettler plötzlich gehen. Aber da war es schon zu spät, als er nach seinem Hut griff. Ein Carabinieri in dunkler Uniform erschien wie aus dem Nichts und stand vor uns, wild gestikulierend mit allen seinen Händen in allen Richtungen in der Luft herum. Was hatte das jetzt zu bedeuten? Zuerst nahm er den Hut und das Geld darin an sich, griff nach meinem Mandolinenköfferchen und mich nahm er mit auf den Wachtposten. Dort musste ich die volle Nacht durch in einer Zelle verbringen, statt in dem gemütlichen Bett des Hotels, wo ich für diese Nacht einlogiert war. Eine harte Pritsche war alles was ich für meine Bequemlichkeit, oder mein Wohlbefinden vorfand. Meine Mandoline mit dem nun leeren Köfferchen, das bekam ich zurück, am nächsten Morgen. Sie liessen mich wieder gehen und ungewaschen eilte ich in mein Hotel um noch etwas vom Frühstück zu sehen. Es reichte dann noch für eine Tasse lauwarmen Kaffee und einen kurzen Taucher im Swimming-Pool».

«Und was war mit dem Bettler?» «Den habe ich nicht mehr gesehen, er musste vermutlich nicht mal mit gehen auf den Posten, den kannten sie ja schon». «Und was war der Witz dabei?», fragte sie noch nach. «Ah, das hätte ich beinahe vergessen, im Plättchen Fach des Mandolinenkoffers hatte ich noch ein paar hundert Schweizer Noten drin. Die haben sie nicht angerührt und wie mir schien waren noch ein paar Lire dabei».

Alisa machte grosse Augen zu der Geschichte, es war geradezu unglaublich für sie, dass man das einem so angesehenen Mann, wie er in ihren Augen, und das zu Recht erschien, ihm das antat und sie wetterte drauflos: «Wie gemein von denen».

Banditen im Schlafwagen

Sie stieg jetzt auf das obere Bett hinauf und guckte mitleidig von ihrem Zweiergestell herunter. «Machen die das immer so?»
Es kam zum ersten Mal keine Antwort und sie fand es sei beklemmend still. Unruhig lauschte sie, dann kam ihr plötzlich etwas sehr verdächtig vor. Ein knackendes Knarren drang zu ihren Ohren: «Du, hörst du das auch, das Geräusch an unserer Türe. Da will jemand rein», sagte sie leise zu ihm. Deshalb hatte er aufgehört zu reden, dachte sie. Auch er hörte es genau und er flüsterte: «Da werkelt jemand an unserer Türe herum, sei ganz still!» Jetzt hörten sie eine Stimme von draussen: «Billette-Kontrolle», rief es in ungeduldigem Ton. Hinzu schallten jetzt viele aufgeregte Stimmen aus den Gängen.
«Nur nicht aufmachen, ganz ruhig bleiben, das ist kein Kontrolleur, unsere Fahrscheine haben wir bereits nach der Grenze Chiasso vorgezeigt, das genügt, dürfte man meinen». Sie fragte: «Was ist es denn?» «Banditen!» «Was machst du wenn sie reinkommen, ich fürchte mich. Schlägst du ihnen etwas über die Birne?»
Er verneinte: «Soweit darf es gar nicht kommen, die haben Messer. Aber das ist nichts Neues. Nach der Grenze Chiasso sind die Banditen

zugestiegen. Sie plündern so jeweils die Abteile und an der nächsten Station steigen sie wieder aus». «Das ist ja unglaublich, und das soll man sich gefallen lassen?» Sie war empört aber andererseits auch in einer abenteuerlichen Spannung. Sie fühlte sich ja sicher bei Harald. Sie malte sich schon aus, wie er dem Eindringling eine Thermosflasche über den Kopf ziehen würde. Aber er hatte ja gar keine solche, also würde er die Weinflasche nehmen. Jetzt unterbrach er wieder das Schweigen, das die beiden aber noch nicht ganz gelähmt hatte: «Wir sind machtlos, die Polizei ist machtlos, alle sind es. Bis die erscheinen, sind die Strolche längst über alle Berge davongekommen. Wir sind ihnen sozusagen ausgeliefert!»

«Hast du jetzt einen Schwächeanfall?» fragte sie scheinheilig. Das liess er nicht auf sich sitzen:

«Wart mal, was wir jetzt machen, nimm deine Gitarre!» Das kam in einem Befehlston und an der Türe knackte und schabte es wie von Mäusen. Er nahm seine Mandoline hervor, und begann zu spielen:

«Che arrivato L'Ambassadore, con la piuma sul capello, che arrivato L'Ambassadore, per trovare il suo cammello'.

«Sing!», zischte er, als sie zu begleiten anhob.

«D-Dur!». Sie schüttelte den Zeigfinger im Ohr, und verstand nicht recht:

14

«Wie? De Tur, die Türe, meinst du ich soll an die Türe? Du bist ja schön aufgeregt!»

Er polterte: «Nein, jetzt ist es G-Dur».

'Jetzt meint er noch, geh du, wohin, an die Türe. Das kann nicht sein'. Sie war ganz verzweifelt, dann merkte sie, dass sie ja in D-Dur spielten und rief: «Blödsinn, das ist ja kaum zum Aushalten!» Aber sie hatte die Spur gefunden und schrummte eifrig drauflos, auch sang sie jetzt überlaut mit, und wie schön, das ist die Frage.

Als sie einen Moment innehielten, bemerkten sie, dass es plötzlich wieder ruhig wurde. Die Zwängerei an der Türe und am Schloss hatte aufgehört. «Keine Mäuse mehr da, keinen Speck gefunden!» triumphierte er nun.

Leider gab es damals noch kein Telefon im Zug, das wäre jetzt dringend nötig gewesen, aber die Banditen finden auch heute noch, im Jahr 2000 noch, immer einen Weg, das sieht man aus den Zeitungen, das sieht man nur in einer anderen Form. Sie rief: «Das habe ich ja schön öfters in den Zeitungen gelesen, nicht den besten, muss ich sagen, aber es ist also doch so». «Hauptsache ist, sie haben endlich genug, die sind weg, und müssen jetzt schnellstens verschwinden». So frohlockte nun Harald. Erlöst sangen und spielten sie zusammen noch weiter, bis der Zug in Mailand einfuhr, wo sie umsteigen mussten.

15

Mailand, Weiterfahrt nach Neapel

Um ca. 22 Uhr befanden sie sich unter der hohen Kuppelhalle des für damalige Begriffe riesigen Bahnhofs von Mailand. Harald sagte voller Unternehmungsgeist: «Jetzt werden wir in die italienische Bahn umsteigen, in eine Regionale». Sie nickte: «Das ist wohl besser, es war doch gefährlich vorhin». Harald musste zugeben:

«Ja, einige Passagiere sind jetzt wohl ihre Ausweise und das Geld los. Wir nehmen wirklich besser kein 1. Klasse Schlafwagencoupé mehr, in der allgemeinen 2. Klasse sind wir sicherer». Sie schleppten ihre Koffer selber auf dem Perron und suchten nach einem geeigneten Wagen, aber sie hatten keine besondere Wahl.

Der Bahnsteig war überfüllt und überall drängten die Reisenden an den Trittbrettern der Wageneingänge. Sie stellten sich an in dem Haufen und wurden regelrecht mit den andern hineingestossen. In ihrem gewählten Abteil war auch schon alles besetzt, doch die Wahl war eher eine Notlösung. Die Fahrgäste liefen hin und her, von einem Durchgang zum nächsten und kamen wieder zurück, da sie in den anderen auch keinen Platz mehr fanden. Die beiden blieben also in ihrem Abteil und wurden an ihrem Stehplatz herumgeschupft, solange bis die Glücks-Karten endlich verteilt waren. Einige Italiener hatten es sich bereits auf dem Boden bequem gemacht und lagen kreuz und quer im Gang und neben den Sitzbänken, sogar darunter, so gut das ging.

Ein älteres Ehepaar aus Deutschland sagte zu ihnen in vertraulichen Ton: «Bleiben sie da, hier wird bald ein Platz frei». Und richtig! Genau einer wurde frei, obschon es zwei Plätze waren! Bei der nächsten Station stiegen einige aus und ihr Freund belegte schnell einen Sitz auf der Bank. Aber schon setzte sich eine fremde Frau neben ihn, eine ältere Italienerin. Da durfte man ja nicht aufbegehren. Alisa, die zu spät kam, setzte sich zu ihm auf die Armlehne, dann auf seine Knie. Aber das dauerte nur ein paar Sekunden und er schubste sie wieder runter: «Du weisst ja schon, meine Venen, die Krampfadern», versuchte er sich zu verteidigen. Aber sie entschuldigte sich sofort: »Oh tut mir leid», und sie rieb ihm rasch über die Beine um einen eventuell entstandenen Schaden wieder wegzuwischen. Ganz besorgt fragte sie ihn, und fühlte sich in dem Moment schon als seine Pflegerin: «Hast du genügend Bandagen und Stützstrümpfe eingepackt, und die Salbe auch nicht vergessen? Ich hol dir gleich etwas aus deinem Koffer». Peinlich berührt winkte er ab: Nein, schon gut, da wo wir hinfahren, kann ich meine Beine heilen, du wirst schon sehen!»

«Wo fahren wir hin, sag schon endlich». «Nichts da, Geheimnis, es sind lauter dreckige Gruben mit Schmutz und Schlamm, heisse Sümpfe mit Fröschen und Unken drin, das wimmelt nur so», schmunzelte er. «Was? Was wimmelt denn da alles noch herum?» fragte sie entgeistert. «Nicht so schlimm, lauter Touristen und wenn es dich nicht stört, ein paar Salamander kommen schon noch hinzu». Sie meinte: «Das ist ja wunderbar». «Und der Dreck, stört er dich nicht?» «Ach wo, keine Spur». Er liess ihr diesmal das letzte Wort und sie lachten beide.

Die Luft wurde langsam stickig und heiss. Jemandem entfuhr ein Furz. Es qualmte von Schweissgeruch, aus den Armhöhlen der verschwitzten Hemden und von den Füssen stieg der Qualm hoch und wieder von überall, aus den Kleidern der Bauern und man wusste nicht recht woher der Stallgestank kam der ihnen in die Nase stieg. Die Leute holten ihre Taschentücher hervor und begannen sich zu schnäuzen, hemmungslos mit kurzen, kräftigen Trompetenstössen wie von Dinosauriern. «Malavita». Aber das war nichts Besonderes, es war der Alltag im Jahr 1972. Auch sie holte die Tempo-Taschentücher hervor und gab ihm auch eines. Mütterlich besorgt wischte sie ihm den Schweiss von der Stirne: «Geht es?» Er winkte ab: «Das wird jetzt zehn Stunden so gehen. Möchtest du mal die Fahrt unterbrechen? Wir haben ja Zeit. Bald sind wir in Umbria, Orvieto Terny, da ist eine antike Stadt, hoch auf einem Hügel auf einer Burg von hohen Mauern umgeben». Sie ergänzte: «Ja, und die hat den Schutzpatron Josef von Nazareth». «Woher weisst du das?» «Ich war schon einmal dort, das kenne ich schon, war mal mit einem Studenten Bus dort, mit meinem ersten Verlobten». «Willst du also?» Energisch schüttelte sie den Kopf. «Warum?» «Ich möchte nicht mehr daran denken. Der ist jetzt in England und auch nicht gescheiter geworden!» «Was hat er studiert?» «Er war an der ETH, im Architektur -Studium, aber dann, nach seinem Abschluss, soll ich jetzt die schmutzige Wäsche auspacken, also dann ging er fort nach England und hat mich einfach sitzen lassen». Harald schien langsam einzuschlafen. «Schläfst du?» fuhr sie weiter, «wir haben uns noch oft geschrieben – zuerst die langen Briefe, die jedesmal kürzer wurden, dann kam eine Postkarte von ihm, schläfst du? Dann eine Karte von mir. Hörst du mir noch zu?» Von Harald hörte man nur «Chrrr..» «Dann kam auf einmal eine Postkarte aus Rumänien, er war Reiseleiter geworden, der Herr Architekt! Wie sollte ich da noch zurückschreiben können, Adresse unbekannt?» «Was sagst du da?» murmelte Harald. Sie versuchte es anders: «Freilich, es war wirklich fabelhaft. Uralte Mauern. Ein ganzes Schwein hing am Spiess und wurde da vor Mittag übers Feuer gehalten, auf ihrem Marktplatz in Orvieto. Das sah aus wie ein Opferfeuer unter dem Dom. Ob die dort noch Opfer bringen?» «Wo, in Rumänien?» Er war im Halbschlaf und liess den Kopf hängen.

«Nein in Orvieto, wir sind jetzt –«.

«Ach so, Nein, nein Katholiken bringen keine solche Opfer unter dem Dom, nur andere», belehrte sie Harald.

«Was für welche denn?» «Vielleicht Fastenopfer oder sie geben Münzen in die Opferstöcke, oder sie werfen sie in den Brunnen von Rom. Es gibt da ein schönes Lied, *«Three coins in the fountain»,* das ist aber ein wenig elegisch».

«Ach fahren wir lieber weiter, ich halte es schon aus!» «Magst du kein Schwein am Spiess?»

Wieder schüttelte sie den Kopf und verzog dabei einen Mundwinkel schräg rüber, bis es nicht mehr ging. Jetzt war er wieder ganz aufgemuntert als er in ihr grinsendes Gesicht schaute: «Löchlein in den Backen, wie?», und er streckte den Zeigfinger danach aus, aber sie konnte noch rechtzeitig ausweichen.

Zum grossen Glück rollte jetzt ein Getränkewagen heran und der Musiker kramte ein paar Scheine Lira hervor. «Bier, oder Limo?» fragte er höflich. «Wein wäre doch besser!» «Den kriegst du noch früh genug, wenn wir am End-Ziel angelangt sind». «In Neapel?»

«Nein, das ist nicht ganz das Ende unserer Reise». «Ich weiss es schon, der schmutzige Lehm, Fango, das ist es, du meinst Ischia!»

«Ja genau, erraten. Sieh dir ein wenig die Landschaft an, ist doch hübsch flach hier, diese Po-Ebene». Sie schmollte: «langweilig würde ich sagen».

Der Getränkeboy stand jetzt mit seinem Wagen vor ihnen und Harald bezahlte mit ca. 3500 Lira und noch 500 Lira Trinkgeld. Das war damals in Schweizer Währung etwa CHF 4.50 plus 80 Rappen. In Gedanken versunken nuckelten sie an einer Lemon-Soda und weiter rollte der Zug und weiter, schier endlos weiter. Er polterte mächtig durch die Gegend sodass man das Schreien der kleinen Kinder etwas weniger gut hörte, aber es war Lärm allemal. Eine Frau nahm ihre Brust heraus und begann ihren Säugling zu stillen und man hörte jetzt nur noch das Rattern der Räder auf den Schienen. Er dachte, 'sie nuckelt auch wie ein Baby an der Flasche, genau wie der Säugling, sie ist noch so jung, aber mich alten Esel hat sie bis jetzt noch nicht enttäuscht'. Und sie dachte, 'er hat es mir verraten, wir fahren nach Ischia, und ich wusste es, er würde mich nicht enttäuschen'.

So stimmten sie schon einmal wieder in diesem Punkt überein.

Endlich gewahrten sie durch die verschmutzten Scheiben das Industriegebiet von Neapel. Aber sie waren deshalb noch lange nicht da. Der Zug fuhr jetzt langsamer, es quietschten die Bremsen, dann stand er still, irgendwo im freien Gelände. Er erwachte wieder aus seinem Halbschlaf und sah sich um: «Ich glaube, die müssen erst noch die Weichen stellen und warten bis sie die Einfahrt kriegen». Da sassen sie also fest und mussten warten. Jetzt hörte man aufgeregte Stimmen durcheinander zu schreien: «Porco miseria! Miseri cordia», so fluchte ein Italiener auf dem Durchweg. Die Wagongänge belebten sich zunehmend mit aufgebrachten Passagieren. Einige standen an den Fenstern und rieben sich die Sicht frei. «Die Toiletten sind versperrt!» rief einer. «Was will denn der ausgerechnet jetzt noch auf dem WC?» rief ein alter Italo. Hastig drückte ihr Gegenüber seine Zigarette am Boden aus und packte seinen Koffer und verliess das Abteil. Die beiden griffen zu ihren Limonadeflaschen und leerten diese noch, wollten sie entsorgen, aber der Abfalleimer war schon überfüllt. Die Fenster waren versperrt und es herrschte eine ausnahmslose Hitze. So verging noch einige Zeit, warten, nichts als warten. «Vielleicht kriegt er heute doch noch die Einfahrt», meinte Harald. «Das ist ja gemütlich, wird auch langsam Zeit», sagte sie mürrisch. «Lass dir ja nicht die Laune verderben, das ist nämlich etwas sehr Kostbares, das kriegen die schon noch hin, heute», und er räusperte sich: «Das letzte Mal bin ich mit dem Car runtergefahren, aber das war viel schlimmer!»

Ankunft in Neapel

Nach einiger Zeit begannen manche Fahrgäste auszusteigen und man sah sie draussen ihre Koffer über die Steine schleppen. Aus allen Wagons strömten immer mehr Leute hinzu und es bildete sich bald eine ganze Schlange, die keuchend den Bahnschienen entlang kroch. Harald befahl: «Wir müssen auch raus, komm pack die Koffer, nimm meinen, der ist nicht so schwer!». Sofort riss sie das Gepäck aus den Trägern: «Meiner ist auch nicht schwer, nur grösser». «Also gib her, keuchte Harry. Ihre Instrumente musste sie aber auch noch mittragen, das alles hätten sie schon lieber einem Lastenträger am Bahnhof überlassen, nur waren sie leider nicht dort, wie die anderen hatten sie den steinigen Weg vor sich.

Aber sie erreichten den Bahnhof doch noch und da warteten auch schon die vielen Kulis und Taxifahrer. Sofort kam einer auf sie zu, und hinter ihm kam auch schon ein zweiter. Er nahm den ersten, der etwas gepflegter aussah. Der war wenigstens rasiert und lächelte und winkte ihnen freundlich zu.

«Zum Vaporetto, zum Aliscafi am Hafen!» kommandierte der Zürcher. Dieses Boot steht nicht bei den üblichen Fähren, sondern auf einem Privatplatz. Da musste sich ein Chauffeur genau auskennen. Sie hatten einen eigenartigen Fahrer erwischt, einen etwas wortkargen Neapolitaner, der aber immerzu lächelte und dabei leise sang, und sie auf Umwegen durch das Strassengewirr von Neapel führte.

Eigenartig war dieser auch, weil er nämlich plötzlich in eine enge Gasse einbog und sagte er müsse noch etwas von seinem Bruder mitnehmen. Sie fragte: «Nimmt der jetzt eine Abkürzung?» Er nickte: «Ja die Zeit ist etwas knapp, hat er vorhin gesagt». Immer enger und etwas steiler wurden die Gassen und Harald fing schon an zu zweifeln, als der Taxifahrer meinte: «Auguri, sie haben Glück Signor Mandolinisto, ein anderer Fahrer in diesen engen Gassen hätte sie nun ausgenommen, aber Auguri, bei mir sind sie sicher, ich bin nicht wie die andern hier, Taxifahrer ohne Lizenz. Calma, lei sei sempre bravi, mit ihnen macht man sowas nicht. È suo figlia?», fragte er etwas gerissen. Harald bejahte: «Ja, ja, sicher». Jetzt fragte sie: «Was sagt er da?» Harald beschwichtigte: «Er sagt, dass er dich küssen möchte», das lispelte er ihr ins Ohr, aber es war natürlich eine Lüge. Sie zischte zurück: «Sehr amüsant, das glaube ich nicht». Aber sie zog den Saum ihres etwas kurzen Kleides bis übers Knie runter und bemerkte dabei, wie der Chauffeur sie durch den Rückspiegel beobachtet. Aber das war ja nur Spass. In einer der engen Gassen griff er dann durchs offene Fenster und nahm ein Couvert von einem dunkelhäutigen Gesellen entgegen, der schon auf ihn gewartet hatte, wie es schien. Harald fragte nun: «Ist das jetzt ihr Bruder?» Er wollte keine Zeit mehr verlieren. Der Chauffeur bejahte: «Ja, das war es schon, jetzt geht's zum Hafen!» Das Taxi schlängelte sofort wieder abwärts durch die engen, wäschebehangenen Gassen mit den schmutzigen Fassaden. Endlich kehrte er wieder auf die grossen, stark befahrenen Strassen zurück. Es war ein riesen Gehupe überall. Dann endlich, von weitem sahen sie das Meer und auf den Hafen hinab von Neapel. Viele Schiffe lagen im Hafen und dahinter sahen sie den Vesuv. Was für ein Anblick, all die Boote am Quai, bis weit hinaus lagen sie draussen auf dem Meer, grosse Frachter warteten auf die Einfahrt, oder es waren nur Gesellschaftskreuzer, das blaue Meer, es war voller Schiffe, dazu der blaue beinah wolkenlose Himmel – das war Azzurro.

Hafen von Neapel

2

Überfahrt nach Ischia-Porto

Vaporetto- Wasserbusse

Das Tragflügelboot ist ein Hochgeschwin-
digkeits-Wasserfahrzeug, das bei steigender Ge-
schwindigkeit mittels des dynamischen Auftriebs
unter Wasser liegender Tragflügel währen der
Fahrt angehoben wird. Dadurch berührt der
Rumpf nicht mehr das Wasser, das Fahrzeug,
auch 'Aliscafi' genannt, «schwebt» über die
Wasseroberfläche. Man sagt dem auch 'Fliegen
auf Höhe Null'. Eine solche Fahrt ist teurer als

mit der Fähre, dafür aber viel schneller. Mit der Fähre dauert es etwas länger, aber es gibt dafür Aussenplätze für die Touristen, was bei dem Vaporetto aus Sicherheitsgründen nicht möglich ist. Es ist komplett verschlossen.

Harald wählte das Schnellboot. «In ca. 25 Minuten sind wir schon drüben», erläuterte er fachmännisch. Der Anschluss auf das Vaporetto gelang in bestem Timing. Sie konnten sich aber nicht mehr lange umsehen. Schon schoben sie sich mit den anderen Touristen über den Schiffsteg und atmeten die frische Meerbrise ein. Das war eine echte Erholung bei der Hitze von vorhin im Taxi. «Siehst du dort drüben, das ist nur eine Fähre. Die kommen von Neckermann, viele kommen von dem Reisebus, welcher die günstigere Fahrt anpreist». Er stiess sie dabei an als er auf die Deutschen hinwies, mit ihren gebleichten Haaren und mit ihren bunten Stoff-Käppchen. Einige von ihnen waren auch bei dem Vaporetto eingestiegen. «Die fahren auch per Reiseplan aber sie bezahlen mehr, mit dem Aufgeld für das Schnellboot. Sie fragte: «Wo kommen denn die überall her, im Zug habe ich eigentlich keine gesehen, oder nur wenige. «Die sind eben mit dem Reisebus angekommen, die Armen. Das war sicher ein grösserer Türk, wenn man bedenkt, dass die schon in Deutschland zugestiegen und abgefahren sind. Ja, das mussten sie durchhalten, aneinander, pausenlos, ohne gross aufstehen und etwas gehen zu können». «O je, mir graut es jetzt schon, wenn ich an ihre Sitzflächen denke». «Wir hatten es trotzdem alles in allem besser. Und für dich, meine Liebe, werde ich für eine angenehme Reise und für einen tollen Urlaub sorgen». Damit blähte er sich förmlich auf, aber sie lächelte nur verschmitzt: «Soweit du das kannst!» «Ich kann noch mehr, ich werde dir das schönste Hotel in Ischia zeigen und dich in mein allerbestes Hotel bringen, es hat Swimming-Pool», und sie fing an zu träumen. Er war geradezu in Hochform geraten bei seiner Schwärmerei: «Freu dich darauf!» «Jetzt übertreibst du aber». Dann sah sie sich nach allen Seiten um, guckte durch die Fenster und gewahrte die blaue Fläche, das Meer, nichts als Meer. Jetzt wurde es auch hier wieder laut und sie sah über die Schulter zurück: «Die sind aber lustig, alles Deutsch, aber sie stören mich nicht, ist ja beinahe ansteckend».

Das Fahrgefühl im Vaporetto war als ob sie auf Kissen übers Meer schweben würden, und noch glaubte sie sich wohl wie im Himmel, aber es wurde anders, nämlich als sie an der Insel Procida vorbeifuhren. Von der Küste her leuchteten die vielen typischen farbenfrohen Häuser in allen bunten Tönen, eng aneinandergeschmiegt. Harald erklärte: «Diese Insel war früher nur für Sträflinge, sie ist deshalb heute noch sehr berüchtigt. Ein Arzt erzählte mir einmal etwas davon. Er betreute die Gefangenen dort. Sie waren immer auf ihrer Pritsche angeschnallt, hatten lediglich ein Loch mit dem Topf unter ihnen. Du kannst dir ja denken, wie die gelitten haben!» Er hätte besser nicht so ausführlich berichtet: «Und gestunken, wohl auch, kannst du dir das vorstellen?» «Besser nicht, hör auf, mir wird schlecht!» würgte sie hervor und rannte zur Toilette und würgte weiter. Sie konnte nicht hinaus an die frische Luft, denn das Vaporetto war ja kompakt verschlossen. Er sah ihr nach und dachte: *'Oje, was habe ich da angerichtet'*. Sie hatte seit ihrer Abfahrt in Zürich nichts mehr gegessen und spie nichts anderes als Speichel, Galle und Schaum. Es war ihr also kotzübel. Ein Steward nahm sich ihrer sehr hilfsbereit an. Zum Glück war die Fahrt sehr kurz und das Gepäck wurde bei der Ankunft im Hafen von Porto von der Schiffsmannschaft von Bord gebracht. Dort warteten die Träger der Hotels und der Albergos. Die einen kamen von den teuren Luxus-Hotels, die anderen von den günstigeren Albergos und von den Ferienwohnungen. Harald wählte ein Albergo, denn dort waren noch Plätze frei. Zahlreiche Schiffe lagen im Hafen und die Ansicht von Ischia Porto war überwältigend.

Ischia – Porto

Porto Ischia ist die Hauptstadt der Insel.
Am nächsten Tag erwachte sie in einem kleinen
bescheidenen Zimmer in einem Einer-Bett. Sie
schaute sich müde um: «Ist das jetzt das schöne
Hotel, von dem du geschwärmt hast?» Er sass bei
ihr, eben hatte er etwas auf seiner Mandoline geübt: «Hör zu, du bist seekrank geworden auf dem
Schiff, obschon es das schnellste Fahrzeug überhaupt ist, für die Überfahrt. Du bist ja immer noch
bleich wie ein Käse». «Was für ein Käse?» fragte
sie komisch. «Sagen wir Parmigiana ist es nicht,
der ist zu hart, also eher ein Camembert, so ein
reifer, weisst du?» «Ja reif, reif, für einen Kaffee,
ich komm schon wieder!» «Ausruhen sagt der

Onkel Doktor und iss etwas, wenn du wieder auf die Beine kommen willst. Das ist ja furchtbar. In dem Zustand wollte ich dich nicht gleich in das schönste Hotel einführen. Du hättest ja nichts gehabt davon. Aber morgen gehen wir». Damit kehrte der Appetit bei ihr sogleich zurück. «Was gibt es zu essen? Ich mag Pizza, und jetzt steh ich auf!» Irgendwie war sie noch wie ein Kind, aber er war froh darüber, so konnte er auf Distanz bleiben. Dann gingen sie runter an den Hafen.

Ein breiter Brettersteg führte dem Quai entlang. Es gab Stände mit Ansichtskarten und Allerlei. Zuerst kauften sie sich also solche Karten für die Lieben zu Hause. Wer tut das nicht? Das war ein Muss, denn die Zurückgebliebenen hatten doch ein Anrecht darauf zu wissen, ob sie wenigstens gut angekommen waren und nicht etwa schon ertrunken. Es führte sie eine Holztreppe hinunter zu einem tiefergelegenen Steg. Dort gingen sie in ein kleines Restaurant direkt unten am Hafen von Porto. «Die haben den besten Wein, magst du auch?» Ungläubig fragte sie?» Darf ich denn schon, nachdem es mir so schlecht war?» Er lachte bloss: «Du kannst es ja versuchen!» Jetzt fuhr sie beinahe aus dem Häuschen: «Du bist ein Biest!» säuselte sie. «Ich bin der Beste!» das erwiderte er. Mit einem Seitenblick musterte sie ihn mit grossen und prüfenden Augen: «Ja, ich weiss, du wirst bewundert». Aber er besänftigte sie schonungsvoll: «War nur ein Scherz, Musiker leben hart».

Er blickte sich nach dem Kellner um: «Wo bleibt denn die Bedienung? Ja meine Liebe, vermutlich musst du noch etwas warten, in südlichen Gefilden schlafen sie doch alle ab zwei Uhr». Eine halbe Stunde später erwachte der Kellner dann doch noch aus seiner Siesta, und kam sehr beflissen vor ihren Tisch. Harald gab die Bestellung auf: «Der Beste, den sie haben, so wie in letztem Jahr!» «Mit Pizza?» «Ja, ja, aber erst den Wein!» Es vergingen nochmals zwanzig Minuten, bis der

Kellner endlich den Wein servierte. Aber der war köstlich. Er brachte ihn zusammen mit zwei schönen Kelchgläsern und goss ihn in die Rundung und schwenkte ihn nochmals vor dem Gast. Es war herrlich hier und sie wäre am liebsten den ganzen Tag sitzen geblieben bei dieser Aussicht. Die vielen kleinen und grossen Schiffe im Hafen, jene die man auch weit draussen im Meer segeln sehen konnte, und das Hafenstädtchen zur Seite, das war gewiss sehr malerisch. Momentan war es eigentlich ziemlich ruhig, alles schien zu schlafen, aber er drängte schon wieder zum Aufbruch und sagte kurz entschlossen: «Ich möchte noch etwas üben, gehen wir».

In ihrem bescheidenen Albergo-Zimmer musste sie dann eine Stunde lang seinem Tremolieren zuhören und vergrub den Kopf im Kissen. Aber irgendwann hatte auch er genug, ging unter die Dusche und sie machten sich für den Ausgang bereit. Porto war ein stark belebtes Städtchen, die Hauptstadt von Ischia. Es gab da viele vornehme Häuser im alten italienischen Stil. Es hatte auch viele grosse und bessere Hotels, solche mit Pool und wunderschönen Gärten. Natürlich war da auch die Bank, die Banca di Napoli. Harald ging kurz hinein um ein paar Deutsche Mark in Lira umzuwechseln. Er hatte noch ein paar aus Baden-Baden. Viele schöne Läden säumten die Strassen

und engen Gassen und die Touristen bummelten
hin und her.

Im Orangengarten

«Heute gehen wir in den Orangengarten,
dort spielen sie die schönste italienische Musik
die du je gehört hast». Sie machte grosse Augen:
«Klassisch?» Er legte den Kopf zurück und überlegte: «Nein, dies nicht, aber die schönsten italienischen Lieder, Canzone, und Folklore zur Gitarre. Sie spielen nur mit akustischen Instrumenten, wie wir, ohne Verstärker».

Also machten sie sich auf den Weg. Es war
ein angenehmer Abend, aber es war immer noch
ziemlich warm. Die Luft war erfüllt von Oleander
und Thymian. Letzterer könnte sich aber auch aus
den verschiedenen Hotelküchen dazu gemischt
haben. Als sie sich dem Gartenrestaurant näherten, hörten sie schon von weitem ihre Tarantellen.
Dann standen sie unter grünen Bäumen direkt davor. Giardino d'arancio. Das ist der Aranceto. Ein
farbiges Neonschild prangte über dem Eingang
und es leuchteten ringsum die Lichterketten mit
Orangen dazwischen und Glühbirnen in rot, gelb
und blau durch das dunkelgrüne Blätterwerk der
alten hohen Bäume. Die Gartenwirtschaft war bereits stark besetzt. Die Tische waren nur noch auf
Reservation zu bekommen und jene die reserviert

hatten hockten an ihren Getränken und lachten. Aber für die zwei Neuankömmlinge war das kein Problem. Harald hatte seine Mandoline dabei und wurde sofort bemerkt vom Personal. Es wurde ihnen von einem beflissenen Kellner alsbald ein Tischchen nahe der Kapelle zugewiesen.

«Bona Sera, Maestro». Die Musiker kannte er schon vom früheren Jahr und bei seinem Erscheinen winkten sie ihm freudig zu. Der Kellner wartete höflich: «Cosa desidero, Maestro?» Harald bestellte eine Flasche vom Hauswein. Die Kapelle spielte einen Touch und winkten ihm dabei zu. Um ihre Schultern hingen schöne bunte Tragebänder zu ihren farbigen Hemden. Sie leuchteten ebenso wie die Lampione. Einer von ihnen gab etwas durchs Mikrofon bekannt: «Soeben sind Gäste aus Zürich eingetroffen!» Taten sie das wohl bei allen Neuankömmlingen? Aber sie erklärten weiter: «Es ist unser lieber Freund, der ihnen nun etwas vorspielen wird».

Harald griff nach seinem Instrumenten-Köfferchen und nahm seine Mandoline heraus. Aber es fehlte ihm etwas, wonach er hektisch suchte und pustete: «Das Plättchen, mein Plektrum, wo ist jetzt mein Spezialplättchen für Metallica, das war doch vorhin noch auf dem Griffbrett zwischen den Saiten?»

Mit einem solchen Plättchen konnte er viel effekt-
voller spielen, und das war nötig in einem offenen
Areal. Alisa triumphierte: «Nicht suchen, ich
habe hier immer eins in meiner Handtasche!» Er
flötete: Ein Ersatz, oh du Schatz!» Er stülpte noch
ein kleines gestricktes Fingerhütchen zum Ab-
stützen über seinen kleinen Finger der rechten
Hand und weg war er. Schon sass er mitten unter
der Band, unterhalb der weit geschweiften
Treppe.
Sie legten los im 6/8tel Takt, mit echten Tarantellen aus Neapel. Dann erklang das schwermütige

Lied: «Fenesta che Lucive». Es heisst eigentlich Fenestra, aber das ist eben neapolitaniusch, napule. *«Fenesta che lucive, ma dormiente»*

Der Zürcher Gast tremolierte vor ihrem Mikrofon umgeben von lauter jungen Gitarristen, von den Besten die Alisa je gehört hatte. Es erklangen die berühmten Lieder wie: «I Found my Love in Portofino». Es war wie ein paradiesischer Traum. Zuweilen löste sich ein junger Gitarrist von der Gruppe, schlängelte sich durch die Gäste und kam mit seiner Gitarre vor Alisa zu stehen. Sie staunte sehr über seine Virtuosität und dachte: *«Der könnte mir was zeigen. Die umliegenden Gäste können gar nicht beurteilen, was der alles im Kasten hat. Wenn Harald nur nicht eifersüchtig wird, wenn der so bei mir steht».*

Der Gitarrist betrachtete sie interessiert, aber nicht aufdringlich, sondern sehr distinguiert. So jung er auch war, er hatte es nicht nötig unhöflich oder anbiedernd zu sein. Er schaute sie einfach lächelnd an und wirkte dabei wie von einem anderen Stern. Nun kam ein Kellner und half ihr aus der Verlegenheit. Er servierte ihr einen hohen Becher mit einer halben Orangenscheibe am Rand aufgesteckt. Den hatte sie nicht bestellt. Fragend sah sie den Kellner an und der meinte freundlich: «Der wird vom Haus spendiert». Auch auf den

anderen Tischen standen vor den Gästen viele
solcher farbigen Fruchtgetränke.

Alle Gitarristen begannen sich nun unter die
Gäste zu mischen, nur Harald blieb sitzen mit seiner Mandoline, und brachte das berühmte Ständ-
chen Mozarts aus Don Giovanni:

«Deh, Vieni alla Finestra, oh mio Tesoro», und
alles hörte bezaubert zu. Aber sein Geheimnis be-
hielt er für sich, das wusste niemand: Er konnte
leider nicht lange stehen wegen seinen Beinen.
Gut, er war auch ein bisschen zu vornehm um direkt bei den Gästen zu spielen, er sah eher aus wie
ein Professor mit seinem langen weissen gelock-
ten Haar und dem weissen Veston.

Die Musiker hatten aufgehört zu spielen und kamen zurück auf ihren Platz und hörten vorerst zu,
bis sie anfingen ihn zu begleiten. Dann riefen sie
den Gästen zu: »Ein Applaus für den Professore!»
«Tia, dachte Alisa, der ist schon berühmt, ich mag
es ihm ja gönnen, nur ich, was ist mit mir, wenn
ich mit ihm spielen werde? Der gibt mehr her als
ich, sieht auch noch besser aus». Er kam zu ihr
zurück und fragte: «Sempre sospire et pensiero?
Bist in Gedanken, hat es dir gefallen?» «Und
wie!» strahlte sie zurück, und trank und man
könnte beinahe sagen und soff von dem glühen-
den Wein bis sie nicht mehr konnte. Das war ihr
erster Tag in Porto Ischia.

Mareschall im Frack

Dies war eine besondere Schau-Darbietung im Orangengarten, bei dem es absolut still wurde. Es war eine Spezialeinlage des Hauses, während die Gitarristen eine halbe Stunde Pause hatten. Pantomime ist in Italien eine hohe Kunst, mal tragisch mal lustig und das durften sie dann mitansehen. Ein kleiner, etwas rundlicher Mann in einem schwarzen Frack und Zylinder mit weissen Handschuhen betrat das Podium. Ein Scheinwerfer war auf ihn gerichtet nachdem die anderen Lichter ausgingen. Er hatte ein melancholisches und tragisches Gesicht und sein Frack spannte etwas über seinem gewölbten Bauch. Dann zog er einen weissen Umschlag aus seinem Revers hervor, beguckte ihn von allen Seiten, als ob er nicht richtig lesen könnte und schüttelte immer wieder den Kopf. Seine weissen Handschuhe zeigten darauf und er richtete fragende Blicke in das Publikum. Endlich zog er einen Brief daraus hervor, hielt ihn vor sich hin, zuerst ganz nahe, immer näher, dann etwas weiter weg, dann griff er sich an die Stirne und stiess ihn ganz von sich. Er zerknitterte ihn und rollte ihn wieder auf, wischte sich über die Augen und griff sich ans Herz. Der Brief fiel zu Boden.

Dann zog er aus einer Tasche eine Blume hervor
und ging mit einem Bein ins Knie, die andere
Hand ausgestreckt zum Himmel gerichtet. Er
schaute vergebens ins Publikum als ob er jemanden suchte und schüttelte wieder den Kopf. Vor
Aufregung lüftete er kurz den Hut, dabei flogen
auf einmal Federn in die Luft, bald pustete er,
bald stampfte er darauf herum, und so flogen die
Federn weiterhin umher, geisterhaft vom Scheinwerfer beleuchtet und er winkte ihnen nach. Dann
zog er ein blankes Messer und richtete es gegen
seine Brust. Aus dem Hintergrund blitzte eine Ta-
schenlampe auf und reflektierte genau das

Messer. Im Publikum ertönte es wie aus einem Mund: «Ah und Oh».

Jetzt prüfte er seinen Dolch mit zwei Fingern, ob es wohl scharf genug sei, und schliff mit diesen darauf ab und auf, wie auf einer singenden Säge, sodass es einem in kalten Schauern den Rücken hinab lief. Dann hielt er es vor seinen gewölbten Bauch und stiess es durch den Frack gegen seinen Leib. Es gab einen Pfiff. Dabei ging der Bauch allmählich in seiner Schwellung zurück und die Luft des Ballons, den er natürlich versteckt hatte, entwich mit einem weiteren langen Pfiff. Vielleicht hatte bei dieser Show noch jemand etwas nachgeholfen aus dem Hintergrund, mit Pfeifen meine ich. Jedenfalls der Bauch war weg. Der Scheinwerfer erlosch. Ringsum herrschte Dunkelheit. Darauf fiel er der Länge nach hin und es polterte, auch von irgendwo. Zwei Kollaborateure kamen hinzugeeilt, schleppten ihn, immer noch im Dunkeln, an Händen und Füssen weg, hinter den Ausschank. Zum Schluss kam der Pantomime, jetzt sichtbar schlanker, wieder zurück, die Lichter flammten auf und er verneigte sich vor brausendem Applaus. Das war Zirkusreif.

Der Maler von Porto

Am nächsten Tag machten sie einen Ausflug zu einem Künstler. Er hatte sein Atelier in einem Dorf etwas ausserhalb von Porto. Es war gut zu Fuss zu erreichen. In einer geraden Sackgasse, von schlanken Zypressen gesäumt, sah man sein Haus schon von weitem. Am Ende, hinten in der Mitte dieser kleinen Strasse prangte die gelbe Fassade des alten Hauses in echt italienischem Stil, mit Balkönchen und einem sehr grossen Fenster das der Maler wohl nachträglich einbauen liess. Der Künstler war sehr erfreut über ihren Besuch, denn er hatte den Musiker seit dem letzten Jahr nicht mehr gesehen. Er hatte einen schwarzen Schnurrbart und steckte in einem farbbeklecksten Sakko. Der Zürcher hatte ihn auf einer Vernissage in einem Hotel entdeckt und wurde von dem Maler danach in sein grosses Atelier eingeladen. Stolz zeigt Anneda auf sein letztes Bild. Es war riesengross, in herrlichen Farben, wie auch die anderen Gemälde. Dieses aber war ein Patch-Work aus Stoffen, teils auch mit Pinsel bemalt und stellte den Hafen und eine Bucht von Porto dar. Der Maler war aus Ischia gebürtig, aber er war denn doch etwas mehr gebildet als der Durchschnitt hier auf der Insel. Er konnte genug Deutsch, wenn auch gebrochen, um von seinem Bild zu erzählen:

Das blaue Hemd

Dieses wunderbare Türkis, das sie hier bei der Bucht sehen können, hat eine ganz besondere Herkunft und Bewandtnis. Nirgends konnte ich ein solches Blau in einem Stoff auffinden. Ich suchte lange, schlenderte oft mit einem Zeichnungsblock in der Gegend herum, um dabei doch noch per Zufall auf das Gesuchte zu stossen. Dabei fiel mir ein Tourist auf, mit einem Hemd in genau diesem Türkis. Genau, das ist es was ich brauche, dachte ich und begann dem Mann mit seinem kleinen Rucksack zu folgen. Aus einiger Entfernung rief ich ihn an, aber er hörte mich nicht. Eine ganze Weile lief ich weiter hinter ihm her und überlegte, wie ich es anstellen sollte um an sein Hemd zu gelangen. Da, auf einmal zog dieser Wanderer sein Hemd aus, denn er schwitzte vermutlich wie ich. Mit einem Schwung nach hinten warf er das Hemd auf seinen Rucksack, wobei er immer weiterwanderte, und ich hinter ihm her. Er trug jetzt nur noch ein Leibchen. Dann geschah es, mein Glück, er verlor das Hemd, denn es fiel ihm vom Rucksack herunter in den Staub der Strasse. Das war meine Chance. Ich wartete noch etwas, ob er es bemerken würde. Aber er lief weiter und ich verlor ihn schon aus den Augen, aber nicht das Hemd! In ein paar Schritten war ich dabei. Das gesuchte Objekt nahm ich erst mal in Besitz und versteckte es in meiner Tasche. Den Touristen konnte ich nicht mehr aufholen, es war auch viel zu heiss, jedenfalls sah ich ihn nicht mehr. Dann landete das Hemd in meinem Atelier, wo es der Schere zum Opfer fiel, aber ich war glücklich wie schon lange nicht mehr. So endete seine Geschichte. Harald klopfte ihm auf die Schultern: «Gut gemacht, und das Bild könnte nicht schöner sein, passt nur nicht in meinen Koffer». Er lächelte etwas entschuldigend.

Modell stehen

Der Musikus musste mal schnell aufs WC. Er wusste noch vom letzten Jahr wo es war und schritt den Gang hinunter bis zur letzten Türe. Inzwischen war Alisa mit dem Maler allein geblieben. Er umschwärmte sie: «Ah, diese Farbe, ich muss sie haben, dieses Kleid, dieses Gelb!» «Meinen sie mich?» «Stehen sie mal da vorne hin, bitte».
«Soll ich ihnen Modell stehen, wollen sie mich malen?»
Er suchte etwas auf seinem Tisch herum wo die Pinsel und all die Farbtöpfe und noch weitere Utensilien zusammenkamen. Dann hatte er seinen Gegenstand gefunden und es verging noch etwas Zeit, wo die Beiden allein waren. Aber es

dauerte nicht lange und Harald war wieder zurück und betrat das Atelier. Da staunte er sehr, als er Alisa vorne am Fenster auf einem kleinen Sockel stehen sah. «»Was ist denn mit deinem Kleid los? Es scheint mir kürzer als vorhin. Deckt ja nicht mal mehr die Knie. Musstest du Beine zeigen? Auf dem Holztisch nebenan sah er einen breiten gelben Stoffstreifen. «Das ist ja von deinem Kleid!» Jetzt fiel ihm der zackige Saum des Kleides auf und er sah zum Maler hin, welcher nun Abseits stand und etwas verschämt grinste: «Ma Signore, sehen sie nur was sie für hübsche Beine hat». «Sie haben das getan, sie?» «Excusi Signore, denken sie an mein Bild!» «Ich glaube der ist verrückt geworden, das Kleid ist kaputt, der Saum ist wie abgefressen, es ist zu kurz, wir müssen ein Neues kaufen. Komm wir gehen». Er nahm sie an der Hand und schritt mit ihr zum Ausgang. Nochmals wendete er sich zu dem Vandalen um: «Wir müssen sie leider verlassen, Spass beiseite, bis zum nächsten Mal Signore, Arrivederci. Schweigend folgte sie ihm wie ein gescholtenes Hündchen und sah verschämt an ihrem Kleid hinunter: «Ach was macht das schon bei der Hitze?»
Am Abend waren sie wieder in Porto. Dort besuchten sie zuerst die Eisdiele und freuten sich an einem Glace-Doppeldecker mit Mocca-

Macadamia und Pistache. Dieser kostete damals im Jahr 1972 ca. 1000 Lira, für eine Kugel zahlten sie 600 italienische Lira, umgerechnet in CHF ca. 1 Schweizer Franken. Macadamia, die Mischung aus Haselnuss und Caramel war etwas Neues für die Beiden. So eine Eisbude hätten sie auch gerne gehabt in Zürich, die kamen dann auch später. Sie träumten von Himbeereis zum Frühstück, denn Zucker hilft noch viel besser als Alkohol um die Stimmung aufzuheitern. Mit Alkohol hielten sie sich wohlwissend in Grenzen.

Danach schlenderten sie weiter durch das Städtchen von Porto, durch die Einkaufsstrasse der Via Roma und Corso Vittorio Colonna und kamen an vielen neonbeleuchteten Verkaufs-Ständen vorbei, deren Wiederschein sie wie magnetisch anzog mit allerlei Waren wie farbige Tücher, Strohhüte und anderen hübschen Sachen, vor allem den berühmten Korbflechtereien. Es gab sogar Stände mit Kleidern. Sie blieben vor einem stehen und er forderte sie auf, sich eines auszuwählen, ein Langes, für die Auftritte. Sie wählte ein buntes und langes Wickelkleid aus weichem, gekrepptem Baumwollstoff, und freute sich sehr. Dann brachen sie auf, ein Mini Taxi brauchten sie nicht, sie eilten lieber zu Fuss zu ihrem kleinen Hotel zurück. Dort sassen sie wieder in ihrem Zimmer mit den zwei eisernen Betten, aber es kam ihr gar nicht mehr so bescheiden vor und freute sich über die schönen glänzenden Steppdecken. Auf ihrem Bett nähte sie als Notbehelf bei schwacher Beleuchtung an ihrem zerfressenen Saum, während er auf dem anderen wiedermal etwas auf der Mandoline übte, oder klimperte. Sie unterbrach ihn kurz: «Wenn das nicht so auffällig wäre, könnte ich ja Spitzen an den Saum nähen!» Er wehrte ab: «Nur das nicht, dann glauben die noch bei uns sei der Reichtum ausgebrochen!»

Und trocken fügte er bei: «Aber in meinem Koffer ist noch eine Bastmatte, da sind Fransen dran, die kannst du ja nehmen!»

«Damit wir aussehen wie die zehn kleinen Negerlein??» «Auf der Bühne ist alles erlaubt, aber sag ja nie mehr etwas von Negerlein, das ist jetzt verboten». Da lachten sie beide schon wieder.

Ein letztes Mal kehrten sie ein in den Orangengarten, aber diesmal nahm er seine Mandoline nicht mehr mit, sondern verschloss sie in dem Hotelschrank.

«Ich brauche eine Pause», meinte er so nebenbei. Das heute, hätte eigentlich ihr Ruhetag sein sollen, und sie lachten noch lange über ihr Erlebnis.

3
Lacco Ameno - Forio

Nach vier Tagen in Porto packte den Musiker wieder das Reisefieber und schon kündigte er an: «Heute geht unsere Reise weiter, nach Lacco Ameno. Ich geh mal an die Rezeption um zu telefonieren. Inzwischen kannst du die Koffer packen». Als er nach einer Weile zurückkam strahlte er: «Es ist alles in Butter, wir können das Gepäck an der Rezeption abgeben».
«Wir sollen unsere Ware hier zurücklassen?» fragte sie erstaunt. «Wir werden es in unserem nächsten Hotel wiederbekommen, wenn wir ankommen ist es bereits dort. Wir gehen zu Fuss!» «Sag, ist das nicht etwas verrückt, soviel Vertrauen, und geht das mit deinen Beinen?» «Mit diesen kann ich sehr gut laufen, soweit du willst, nur herum stehen das geht schlecht wegen den Krampfadern. Aber dafür habe ich ja die Stützstrümpfe, die zieh ich jetzt noch schnell an». «Tapfer, alle Achtung. Du, sag mal, geht es jetzt in das besagte Luxushotel?» «Ja, so ist es, wir gehen in das 'Cristallo' in Casamicciola Terme, in einen Vorort von Lacco Ameno. Es liegt auf einer Anhöhe, also hoch über dem Meer mit einer fantastischen Aussicht und dahin führt ein berühmter Panoramaweg direkt von Porto aus».

Der Panoramaweg

Es war ein wunderschöner Vormittag, noch nicht so heiss, als sie sich auf den Weg machten. Es gab damals noch fast keine Autos auf dieser wenig befahrenen Strasse. Nur ein einsamer Hund kam ihnen von weitem entgegen und trottete an ihnen vorbei, ohne von ihnen Notiz zu nehmen. Sie hatten ständig die ganze Aussicht aufs Meer und weit draussen sahen sie eine Fähre vorbeiziehen. Der Weg war von lauter blühendem, weissen und roten Oleander gesäumt. Die Luft war voll von ihrem Duft, es summte und zwitscherte und ihre Augen sahen nichts als Blau und Blau und Meer und Blumen, da und dort Eukalyptus-Büsche an den Abhängen zwischen denen die Salamander über Steine sprangen. Harald fasste sie am Arm: «Siehst du dort unten die kleinen Autos auf der Küstenstrasse, das sind die Hoteltaxis, diese Dreirad Vehikel. Die bringen jetzt unser Gepäck in unser Hotel. Die sind nicht teuer, man muss ihnen nur den richtigen Auftrag geben. Viele davon sind auch vom Hotel angestellt, das ist sogar in der Rechnung miteinbegriffen!»
Dann kam ihnen ein Wanderer entgegen. Seinem Aussehen nach war es ein Einheimischer. Als er eben auf ihrer Höhe angekommen war hielt Harald diesen an und fragte:

"Excusi Signore, è justo la direzione per Casamicciola?" «Si, Si, sempre direto, ancora una
ora». «Wieso fragst du ihn denn, wenn du es doch
selber weisst?" «Ich will nur etwas mit den Leu-
ten hier plaudern, oder möchte den Dialekt hören,
den Tonfall, man kann so auch in ein Gespräch
kommen, ist doch amüsanter!» Der andere war
weitergegangen und auch sie setzten ihren Weg
fort. «Hier haben einst die Götter gelebt und jetzt
siehst du keinen mehr, alle weg». Da sah sie ihn
an: «Dich haben sie vergessen!» «Oh, danke für
die Blumen, und dich, dich ja auch mein Spass-
vogel».

Casamicciola Terme

Die Gemeinde Casamicciola liegt im grünen, blütenreichen Norden der Insel. Sie ist mit
dem grössten Vorkommen an Heilenden, besonders wirkstoffreichen Thermalquellen, sowohl
am Meer als auch im Landinnern gesegnet.

Ihre Wanderung dauerte nicht länger als etwas mehr denn eine Stunde. Da standen sie vor
dem sagenhaften Hotel mit seinem Park von lauter Palmen, Platanen und anderen mediterranen
Bäumen umgeben. Ein hoher beschrifteter Bogen
ragte über dem Portal.
                    Hotel Cristallo

An der Rezeption wurden sie schon erwartet: «Signore Becker? Die Herrschaften aus Zürich?» «Ja, die sind wir, die aus Porto. Wo ist unser Gepäck, ist es schon angekommen? Ah, da sehe ich ja unsere Instrumente, ja, alles dabei».
«Hier sind ihre Schlüssel, Zimmer 313, 3te Etage, vorn mit Meersicht. Dort drüben im Empfangsraum finden sie den Portier, der sie in ihr Zimmer führen wird und das Gepäck mit hinaufbringt. Warten sie, da kommt er schon!» Man darf wohl sagen, dass das nicht das Übliche von Service war, das unverzögerte Spedieren des Gepäcks und erst der Empfang. Die Beiden wurden richtig verwöhnt, nur gratis war das natürlich nicht. Aber auch hier kannte man ihn schon vom letzten Jahr. Die Hotelhalle glänzte nur so vor Pracht, der Boden, spiegelglatt, war mit kostbarem Mosaik ausgelegt und die Leuchten schimmerten dezent und vertieft in den Wänden aus Marmor. Sie liefen hastig dem Portier nach, zum Aufzug. Beide Instrumente nahm er selber unter den Arm.
Als sie in ihrer Etage aus dem Lift stiegen erwartete sie ein neues Wunder. Durchs ganze Treppenhaus leuchteten lauter verschiedene Farben. Wenn sie sich über das Geländer bückten sahen sie, dass jede Etage unter und über ihnen in einer anderen Farbe war. Da gab es Türkis, Reseda, Azur, Kobalt, Gelb und Orange und Lila,

wunderschön aufeinander abgestimmt. Auch die breiten Treppen stimmten darin überein. In einer Vorhalle unten gewahrten sie einen Springbrunnen von Palmen flankiert. Der Portier bekam sein Trinkgeld und verschwand wieder. In ihrem Zimmer öffneten sie sofort die Koffer, alles war drin, und sie schnappten sich ihr Badezeug und runter ging es ins interne Hallenbad. Dieses war mit ebenso schönen farbigen Keramikplatten versehen, genau in der Farbe der Etage. So war es auch mit ihrem Badezimmer. Im Swimmingpool zeigte Harald ihr seine Künste.

«Ich schwimme jetzt von Anfang bis zum anderen Ende unter Wasser, ohne einmal den Kopf zu heben. Kannst du das auch?» «Das will ich erst einmal sehen!» Da war er schon weg, untergetaucht. Und schon konnte sie ihn wieder am anderen Ende des Pools aus dem Wasser steigen sehen. Eine sehr füllige Dame streifte sie in ihrem Badeanzug und sprang ebenfalls ins Wasser und schwamm direkt auf Harald zu. «Was will denn die?» fragte sich Alisa.

Grauer Kaffee

Im Frühstückssalon bekamen sie am nächsten Tag den italienischen Morgenkaffee. Wie in allen Hotels so üblich, wurde er in zwei Kännchen serviert. Als sie den Kaffee mit der Milch mischten, kam ihnen der sonderbar vor und sie guckten abwechselnd mit viel Deckelgeklapper in das vornehme Silberservice. Der Kellner stand etwas abseits und nestelte etwas an seinem Kragen herum, dann wurde er aufmerksam und kam zu ihnen. Er verbeugte sich höflich vor Harald und fragte: «Stimmt etwas nicht?» Harald nahm ebenso höflich einen Schluck und schüttelte nur den Kopf. Aber Alisa konnte sich nicht recht zurückhalten und bemerkte: «Was ist da mit der Farbe, der Kaffee ist ja grau!», dabei wies sie auf ihre gefüllte Tasse. Der Kellner war überaus erstaunt und versuchte sich zu entschuldigen: «Il Café et nero et la Latte et bianco, allora fa Grigo». Harald kam ihm zu Hilfe und ergänzte: «So ist eben Kaffee in Italien, aber der Espresso, der ist der Richtige, der schmeckt ausgezeichnet, mit Grappa ist er noch besser, das ist der 'Corretto». Dankbar zog sich der Kellner wieder ein paar Schritte zurück.

Dame sucht Anschluss

Langsam füllte sich der Frühstücksraum mit Gästen. In der Nähe ihres Tisches sass eine Dame mittleren Alters allein und spähte des Öftern zu dem Paar hinüber. Alisa tropfte noch immer das Wasser vom Haar über die Schultern von ihrem frühen Bad im Swimmingpool. Seit sie in Ischia waren hatte sie überhaupt keine Frisur mehr. Sie genierte sich ein wenig und band das Haar notdürftig im Nacken zusammen, indem sie die prüfenden Blicke der älteren Dame nicht übersehen konnte und bemerkte: «Die ist aber neugierig da drüben». Die Dame war natürlich korrekt frisiert und gekleidet wie sich das in einem besseren Hotel gehört und Alisa empfand dies als einen Nachteil für sich. Harald half ihr aus der Klemme: «Achte nicht auf sie, solche Weiber suchen doch meistens nur Anschluss, oder wollen sich nochmals einen Mann angeln». Auch er hatte die Dame bemerkt, welch ihre Augen immer öfter auf ihm ruhen liess.

Bald darauf verliessen sie ihren Tisch. Sie kehrten in ihr Appartement zurück und holten sich ihre Instrumente und gingen mit ihnen hinunter in den Garten um dort ungestört zu üben. Im Rasen standen einige Klappstühle von denen sie zwei hinter einem Gebüsch platzierten. Sie nahmen das Tessiner Programm durch. Das war für Alisa nicht weiter schwierig. Solche Lieder sang sie schon in ihrer Kindheit jeweils mit der Giuliana zusammen, wo sie jeweils in Wirtshäusern herumbettelten.

Nach einer gewissen Weile musste Harald mal schnell zur Toilette ins Hotel zurück und Alisa blieb inzwischen allein und spielte weiter indem sie leise zu den Rhythmen pfiff.

Nur Perlen

Da raschelte es verdächtig hinter ihr und die Dame von vorhin kam hinter einem Gebüsch hervor und lief auf sie zu und redete sie an: «Guten Tag, mein liebes, liebes Fräulein, sie haben aber vorhin sehr hübsch musiziert zusammen: Ist das ihr Vater?» Alisa schaute verdutzt auf und dachte: *'Jetzt fängt das schon an'*, und sie liess sich etwas einfallen: «Ach was, das ist nur mein Schwimmlehrer. Wissen sie, wir haben sogar früher zusammen getaucht», log sie drauflos. «Wonach, wenn ich fragen darf?» «Nach Perlen natürlich, was glauben sie denn? Harry handelt jetzt mit Perlen. Er ist der grösste Perlenhändler hier. Die verkauft er jetzt auf der Insel. Er ist sehr reich und hat einen ganzen Koffer voll!» Die Dame dachte: 'Voll Noten'. Sie riss den Mund auf vor Staunen. Alisa hob an: «Morgen besucht er einen Juwelier in Forio!»

«So, so, es ist aber nicht ihr Mann? Wie haben sie eben gesagt, er heisst Harry, oder Hazy? Ist das etwa der berühmte Trompeter, er gleicht ihm so, dem mit der Trompete, der jetzt sogar mit Perlen handelt?»

«Ach was, keine Trompete, Mandoline und Perlen, die schönsten die sie je gesehen haben!» Alisa kam langsam ins Schwitzen.

«Dann ist er also reich?

Alisa antwortete gekränkt: «Die Frage ist, was sie unter reich verstehen!» Die andere begann zu hecheln: «Ist er begütert, besitzt er ein Haus?»

Er, von dem die Rede war, kam eben zurück: «Hallo ihr Beiden, angenehme Unterhaltung? Habt ihr euch schon angefreundet?»

Alisa rollte mit den Augen hin und her: «Sie ist etwas neugierig geworden, sagte sie hätte mich schon beim Frühstück gesehen und wollte mich aushorchen». Das gefiel aber Harald gar nicht und sagte kurzerhand: «Komm jetzt schnell, wir müssen bald abreisen!» Beinahe empört rief die Dame: «Wie, sie wollen schon wieder fort, wohin geht denn die Reise?»

«Wir gehen zu den Aphroditen, meine Gitarristin brauch dringend ein Bad, ein besseres als hier». Er nahm sie, die jetzt etwas verlegen grinste, bei der Hand und brummte:

«Komm, die ist nichts für dich, ich bringe dich in bessere Gesellschaft. Hier riecht es mir zu stark nach Moder!» «Genau, es modert!», rief jetzt auch sie. Alisa packte rasch ihr Zeug zusammen und folgte ihm ins Hotel. Dabei nahm sie nochmals einen Augenschein vom Hotelpark, mit seinem blauen, nierenförmigen Swimming-Pool, der ihr so gefiel, denn er hatte eine hübsche, schmale gebogene Brücke die über das zweiteilige gerundete Becken führte. Es schimmerte so himmlisch von Türkis und Blau. Mediterrane Pflanzen um gaben es und zwischen Palmen und Platanen hindurch sah sie noch einmal das weite Meer.

Der Pianist

Es war gerade Samstag, und das Hotel war in emsiger Vorbereitung für eine Vernissage. Es herrschte ein reger Betrieb und die Portiere trugen verhüllte Gemälde in einen grossen Nebenraum, welche sie vorerst an den Wänden entlang abstellten. Der Salon füllte sich allmählich mit lauter vornehmen Gästen in teurer Toilette. Harald flüsterte ihr zu: «Hier scheint sich der ganze Adel von Rom zu versammeln».
In der Mitte von all den Gemälden stand ein grosser schwarzer Flügel und daran sass auch schon der Pianist, der alsbald zu klimpern anfing. Kräftig schlug er einen Akkord auf die Tasten. Man hörte viele aufgeregte Stimmen hereinströmen von jungen Italienerinnen. Er eröffnete mit 'Arrivederci Roma, dann Love in Portofino, es folgte Torno a Surriento, damals von Caruso gesungen und später von Lucio Dalla, und jetzt verhunzt von den Sängerinnen. Die hübsch gekleideten Damen strömten herein in Richtung Flügel und steuerten auf den Pianisten zu, so nah es ging. Sie scharten sich neben ihm und konnten sich vor Aufregung kaum noch halten, wollten einander

kaum noch Platz lassen und schupften sich mit den Hüften. Jede wollte dem Pianisten am nächsten sein und es erschollen ihre italienischen Weisen, dass es zum Herzzerbrechen war in vollem Agitato, sie schmolzen förmlich dahin.

«Komm, das kannst du auch, sogar besser, gehen wir wieder rauf, das ist ja ein Lärm hier unten. Übrigens, hast du den Film zu Love in Portofino schon einmal gesehen? Da steigt der Dieb über die Balkone und stiehlt den reichen Hotelgästen den Schmuck. Ein toller Krimi!» Und er summte den Song: «I Found My Love in Portofino, perché le sogni credi ancor".

Bald in Krimi

Als sie in ihrer Etage anlangten, gewahrten sie wieder diese Dame von vornhin. Sie war in einem tiefdekolltierten, schwarzen Cocktail-Kleid mit eleganten Schuhen und hohen Absätzen, man konnte schon ihr schweres Parfüm riechen und sie stand direkt vor ihrer Türe.
Harald flüsterte: «Wart mal, was will die an unserer Türe?» Er hielt den Arm vor Alisa und hielt sie zurück: «Warte, sie hat uns noch nicht gesehen». Unterdessen begann die Dame an die Tür zu klopfen, und darauf, als niemand antwortete, versuchte sie die Türklinke zu betätigen und drückte ein paarmal, dann hielt sie das Ohr an die Türe. Auf einmal, sehr überrascht, drehte sie sich um, als sie jemand hinter sich vermutete und sich das Paar nähern sah. Sie gab sich gar nicht verlegen und tat höchsterfreut: «Oh, da sind sie ja Herr Hazy, oder Harry, so heissen sie doch, nicht wahr?» Er schaute schon etwas verdutzt drein und meinte nur: «Was soll das, wie kommt die zu meinem Namen, du?» Er blickte Alisa prüfend in die Augen. Die Dame in schwarz rief: «Nicht böse werden, mein lieber Meister Hazy, wissen sie, ich wollte sie nur fragen, ob ich einmal ihre Perlen

bewundernd dürfte.» «Was reden sie denn da für ein Zeug, was für Perlen?» «Ach diese, wovon mir ihre Tochter vorhin erzählt hat». Er griff sich an die Ohren und begann auch zu fantasieren: «Ach so, diese? Nun, leider geht das nicht, wir müssen nämlich demnächst nach Forio abreisen, da finden sie aber schon welche. Ist übrigens nicht meine Tochter». Alisa murmelte ihm zu: «Der Perlenwitz ist von mir». Zur Dame sagte er höflich: «Keine Zeit mehr für Spässe, tut mir leid, wir reisen ab». Er wendete sich wieder zu Alisa: «Du Schalk, was hast du da angestellt?» Aber sie war bereits ins Zimmer gehuscht wo sie leise das Lachen verdrücken musste.

Sie wollten doch noch mal zum schönen Swimming-Pool im Garten zurück. Es ging schon gegen Abend und sie schwammen sportlich und ungestört vor den anderen Gästen, das meinten sie jedenfalls. Es kam aber doch noch etwas anders. Eine füllige Dame in einer reizenden Badehose und einem aufblasbaren Delfin, gesellte sich zu ihnen in den Pool. Man sah auf den ersten Blick, dass sie nicht schwimmen konnte. Sie paddelte sorgsam mit ihren Armen und verspritzte dauernd Wasser um sich her. An ihren Armgelenken glänzten teure Braceletts, mit lauter kleinen Anhängern. Immer verfing sie sich damit an ihrem Delfin und schüttelte das Armband zurecht. Die beiden taten als ob sie nichts bemerkten und zogen weiterhin ihre Runden. Harald tauchte eben wieder mal unter, als die Dame plötzlich anfing zu schreien: «Hilfe, die Luft geht raus, ich kann nicht schwimmen!» Harald tauchte wieder auf und gewahrte die Situation. Er traute seinen Augen nicht recht, wie er die Dame da zappeln sah. Er schwamm zu Alisa und fragte: «Was meinst du? Was ist das jetzt für ein Theater, ist das echt oder?» - Die Dame schrie wiederum: «Hilfe, ich ertrinke!» Harald dachte, dass das nur gespielt sei und sagte zu Alisa: «Komm, die will doch auch nur dasselbe was die andere vorhatte, komm wir gehen raus». Und sie verliessen das Bassin. Aber da kamen zwei Portiere rausgestürzt und eilten dem Pool entgegen. Die Dame zappelte jetzt noch mehr und der Delfin verlor tatsächlich Luft. Ein Portier entkleidete sich kurzentschlossen, sprang in das Wasser und holte die Frau heraus. Dann legten sie diese an den Rand und drückten ihr auf der Brust herum und es kam ein dürftiger Schwall Wasser heraus aus ihrem Mund. Sicher spuckte sie nur. Harald zog den Kopf ein und stammelte: «Das war also doch ernst diesmal, ach man weiss es doch nie!»

Lacco Ameno

Lacco Ameno ist berühmt für seine Blüten-
pracht im Negombo-Park und vor allem für seine
gelben Ginster Sträucher. Ein grosser Brunnen
mit Fontänen prangt auf dem Hauptplatz. Dort
kam auch der Bus an, der sie von ihrem Hotel in
Casamicciola hierherbrachte. Hier mussten sie
noch einmal umsteigen in den Bus nach Forio.
Der war schon mit der fröhlichen, einheimischen
Landbevölkerung besetzt. Sie kriegten gerade
noch einen Platz am Fenster und konnten so,

zusammengepresst mit den andern, den Ausblick auf die umliegende Gegend mehr oder weniger geniessen. Aber sie mussten ja weiter. Die Unrast sass nun beiden in den Knochen. Er sprach jetzt nur noch von Forio, auch das kannte er bereits bestens. «Vielleicht finden wir für dich eine schöne Perlenkette. Forio ist berühmt dafür und Forio ist zudem der Ort mit den Poseidon Gärten, dem botanischen Garten – La Mortella, das ist einzigartig, diese Pflanzenvielfalt, das musst du einfach einmal erlebt haben».

La Mortella, (gegründet von Sir Walton)

Forio

Gegen Abend gelangten sie in das lebhafte, überaus reizvolle Städtchen. Zuerst kamen sie an diversen, kleinen Schmuckläden vorbei. Die Strassen waren schon überfüllt mit Touristen. In Wogen und Scharen spazierten sie mit den Einheimischen auf und ab. Da gewahrten sie in diesem Rummel wieder die Dame aus dem Hotel von vorhin. Er rief entgeistert: «Du, die ist uns gefolgt, das kann kein Zufall sein!» «Klar, die ist scharf auf deine Perlen!» «Jetzt erzähl mir mal diese Geschichte von den Perlen, aber etwa genau!». «Sie wollte es ja, eine solche Story», und Alisa erzählte ihm nun ehrlich, was sich zugetragen hatte. Er musste jetzt doch lachen: «Da hast du uns aber eine heisse Suppe eingebrockt, die lässt jetzt nicht mehr locker. Wie werden wir die nur wieder los?» «Ach, soll sie glauben was sie will!» Aber da hörten sie schon ihre Stimme rufen: «Hallo, Meister Hazy, warten sie!» Die beiden waren entdeckt und da stand sie schon bei ihnen: «Welche Freude, nein aber auch, sie hier zu sehen! Haben sie schon ein Hotel für heute Nacht? Ich könnte ihnen sehr behilflich sein!» «Nein, besten Dank, kein Bedarf». Harald wurde langsam grimmig: «Weg hier, lass die, komm!» Sie bogen schnell in ein Seitengässchen ein, solche gab es ja genug, und betraten eine Trattoria. Er schnaufte: «Die haben wir abgehängt, ein für alle Mal». Das Gepäck verstauten sie unter einem Tisch ganz hinten in der Ecke und warteten ob ihnen ein anderer Tisch zugewiesen würde. Wieder einmal mussten sie ihre Ware selber schleppen. Dann kam der Kellner auf sie zu und sie fragten ihn, ob er ein freies Hotel wüsste. Er verneinte dieses, aber er wüsste noch ein Albergo in der Nähe. Alisa meine: «Wir könnten doch nochmal zurück ins Cristallo!» «Zu teuer! Und ich hatte nur für zwei Nächte gebucht. Jetzt ist alles besetzt. Die haben randvoll, zudem sind all die aus Rom eingetroffen, sieht aus nach Privat-Event. Hast es ja selber gesehen, übrigens, weisst du was es da kostet, da oben? Über hundert schweinische Schweizerfranken!»

Damals war das vielleicht teuer, aber heute im Jahr 2019 kostet es schon das Dreifache. Das Hotel ist inzwischen noch viel luxuriöser geworden, alle, als ob die Insel selber nicht genug an Schönheit zu bieten hätte. Aber was will man, es ist eben der Markt. Mehr Touristen, noch mehr Hotels, und heute der Aufschwung.

Früher schliefen manche Touristen auf Bänken über Nacht im Freien, um am nächsten Tag in die teuren Thermen im Poseidon Garten zu gehen. Dort badeten sie gemütlich in den Pools mit Thermalwasser, stellten sich an einen Wöhrl-Sprudel, könnten sich auf Liegestühlen an der Sonne wärmen und braten und damit über den ganzen Tag die versäumte Nachtruhe nachholen. Das war billiger. Die nächste Nacht waren sie wieder auf den öffentlichen Bänken in den Parks oder lagen wieder am Meer unten in den warmen Steinen. Dies erklärte auch Harald seiner Alisa und drängte sie zum Aufbruch: «Komm schon, gehen wir wieder in ein Albergo. Aber in den Poseidon Garten gehen wir dann auch noch morgen».

Sie assen noch eine Pizza, tranken Wein, bezahlten bald darauf die Rechnung und machten sich auf den Weg nach der Adresse zum Albergo. Es war eine finstere Höhle, aber alles schien sauber. Wanzen hatten sie keine, nur viel Nebengeräusche von jungem Volk. Bald schliefen sie ein.

Die Poseidon-Gärten

«Heute gehen wir hin, rief er frühmorgens. Sie packten schnell ihre Badesachen zusammen und schon um elf Uhr waren sie in den Poseidon-Gärten. Sie umwanderten die grosse Anlage und es gab da so viele Becken, dass ihnen die Auswahl schwerfiel und sie fiel ihnen nicht leicht. «Wo sollen wir beginnen, das ist ja wie in einem Zaubergarten!» Dann mussten sie sich mal entscheiden, er wollte da, und sie wollte dort und er gab ihr nach. Als sie sich unter die Wörl-Pools stellten hatte er wieder Zeit zum Plaudern: «Ich weiss da noch etwas Besseres, Termen, diese heissen Quellen, die gibt es überall im Meer an den Felsen, in den Steinen in den noch vulkanischen Buchten. Gratis und bequem. Wir finden sie auf unserer Weiterreise per Bus, Richtung Panza»

Freiluft-Kino

Am Abend schlenderten sie wieder durch Forio. Von einer grossen Kinoleinwand im Freien hoch oben zwischen den Bäumen, konnten sie den Stummfilm von dem amerikanischen Komiker Charly Chaplin mitansehen, Goldrausch. Aber der Rausch währte nicht lange. Plötzlich flimmerte es auf der Leinwand, dann setzte das Bild auf einmal aus, kam wieder zum Vorschein und dann fiel das Licht gänzlich aus und alles war im Dunkeln. Jetzt sah man dafür einige Glimmstängel aufleuchten, und Zündhölzer und anderes Feuerzeug funkelte durch die Nacht. Dann schrie jemand um Hilfe: «Aiuto! Bandito!», Ein Schwärmer pfiff durch die Luft, und noch einer darauf hinterliess Schwefelgeruch. Bei den umstehenden Zuschauern, unter denen sie sich auch befanden, gab es ein grosses Gedränge. Harald fiel sein Hut vom Kopf und sein Nebenmann trat darauf herum, bis es Harald endlich merkte. Nach etwa einer Minute strahlte ein grosser, heller Scheinwerfer über das Areal, aber die Leinwand blieb völlig weiss.

Es verging nochmals eine Minute, eine sehr Lange, dann flimmerte der Film wieder vor den Zuschauern, aber mit einem anderen Film von Chaplin. Von überall waren reichlich Zaungäste herangekommen und lachten laut bei jedem Gag. Keine Bank, kein Stuhl war mehr frei. Einige kletterten auf die Bäume um besser zu sehen, Andere auf Steinsockel und halfen sich gegenseitig beim Hinaufsteigen. Es leuchteten Girlanden mit farbigen Lichterketten und die Menschen waren in einer richtigen Feststimmung. Musik erklang von da und dort aus Lautsprechern. Laut wurde diskutiert, getrunken und gerufen. Die Plätze ausserhalb auf den umliegenden Bänken waren alle belegt und wurden nicht mehr freigegeben, sie stritten sich im Gegenteil darum. Kinder schwirrten überall herum, sausten zwischendurch in dem Gemenge, noch nach zehn Uhr. Harald meinte: «Solche hatte ich jeweils an die dreissig in der Klasse, als ich noch Schul-Lehrer war». Damals in der Nachkriegszeit waren die Klassen überfüllt mit Schülern, Es war Lehrermangel. Wie das aber heute hier auf der Insel bestellt ist, das weiss man nicht so genau. Es gibt immer noch Analphabeten.

Poseidon Gärten, als Alternative

Manche Touristen machten es sich tatsächlich schon um 23 Uhr auf den Bänken bequem und hielten sie reserviert für diese Nacht. Sie gingen dann am nächsten Morgen als Erste in die Poseidon-Gärten, wie wir bereits gehört haben. Die Poseidon-Gärten sind die berühmtesten Thermalanlagen der Insel und die Preise für eine Tageskarte sind zwischen 30 – 33 Euro p.P. Die Hotels geben zwar ermässigten Eintritt, um dem Übel zu wehren, nämlich die Hotels zu vermeiden.

Statue eines Speerwerfers im Poseidon-Garten.

Nach Mitternacht kehrten die Beiden in ihr kleines Albergo zurück. Sie sassen noch eine Weile auf ihren zwei Einer Betten und plauderten über ihre Eindrücke. Harald sagte nach einigem Nachdenken: «Du, ich hätte da noch etwas für dich». Er zog zwei goldene Ringe hervor aus seinem Chile, in dem er auch immer noch ein Plektrum aufbewahrte. «Probiere den mal, ob er dir an einen Finger passt. Du wärst sicherer damit». Sie streckte die Hand aus und fand: «Ja er passt». «Gut, keine Fragen, die sind noch von meinem vergangenen Weibsstück, das mich sitzen liess. Der Ring lag auf dem Tisch und sie war fort. Aber davon ein andermal!» Er steckte sich den anderen

Ring an den Finger. Damit legten sie sich zur Ruhe. Noch konnte sie nicht schlafen und drehte sich nochmals zu ihm hinüber: «Wo werden wir zum ersten Mal spielen?» «Überraschung, morgen geht's weiter, dorthin wo die Engel wohnen, oder der Ort heisst wenigstens so».

Am nächsten Morgen fuhren sie schon früh mit dem Bus Richtung Westen der Küste entlang. Aber zuerst kletterten sie noch ans Meer hinunter, zu den heissen Quellen von Sorgeto.

Am Schluss hatten sie noch einen letzten Ausblick auf die Bucht von Forio mit dem Torrione im Hintergrund.

Hafen-Bucht von Forio

Mosaik des Neptuns

Via Panza

Es ging weiter mit dem Bus über Land, und teils an der Nordküste entlang. Die Strasse hatte damals noch ziemlich viele Löcher, sogenannte Verwerfungen und es war schmal und holprig. Dennoch gab es hie und da Gegenverkehr. Langsam kamen viele enge Kurven über steilabfallenden Felsen als sie sich der Baia die Sorgeto näherten. Sie waren jetzt nicht mehr weit von ihrem Ziel und stiegen noch einmal aus. Der Chauffeur nahm auf Anfrage ihr Gepäck mit, ausgenommen der Instrumente, bis an ihre letzte Destination. «Es wird vor uns da sein, darauf kannst du dich verlassen, der Fahrer kennt das bestens und unser Hotel ist auch schon informiert. Die holen es bei der letzten Station ab», sagte er zu ihr. Also stiegen sie aus und begannen ihre Wanderung über den hohen Felsen. Hohes Schilfrohr säumte den Weg und bald war er mit einem Geländer befestigt. Unter ihnen fielen die hohen, grauen Felsen steil ab, direkt ins Meer in die wundervolle Bucht mit reinem, hellem Türkis. Die Felswände waren mit Grasbüscheln bewachsen. Es gab auch andere wilde, mediterrane Pflanzen und Blumen zwischen den Steinen.

4
Baia die Sorgeto

In der Bucht von Sorgeto gibt es die natürlichen Quellen und heissen Fumarolen die das Meerwasser erwärmen. Die Fumarole steigen kochend als Dampfsäulen aus dem Meer. Ein richtiges Naturwunder.

Mit ihnen war auch ein deutsches Ärztepaar ausgestiegen das sie jetzt aufholte, als sie bewundernd über das Meer blickten. Sie hatten sich bereits während ihrer Fahrt im Bus mit ihnen bekannt gemacht. Zu viert wanderten sie dem schmalen Pfad entlang und stiegen auf der einfachen Treppe hinunter zur Bucht. Sie führte sie direkt bis ans Meer. Der Arzt und der Musiker gingen den beiden Frauen voraus und unterhielten sich angeregt. Der Arzt erzählte von Ana Capri, dem Ort von San Michele wo der schwedische Arzt und Schriftsteller Axel Munthe sich eine Villa bauen liess.

Die Frau es Arztes war eher etwas zurückhaltend und schwieg meistens, denn sie fand sich etwas zu vornehm dem Mädchen gegenüber. Es war eine stattliche Dame, aber bieder gekleidet. Sie trug lange Hosen, ein kurzes Hemd mit Kragen, alles eintönig in Beige und Kaki-Farben. Ihr Gesicht war nicht gerade schön, eher nichtssagend, auch kein Ausdruck war darin zu finden, nur Langeweile und bleich war sie obendrein. Sie schleppte sich mühsam vorwärts und trottete neben der anderen her. Das Haar war kurzgeschnitten und noch sah man bei dem Grau noch etwas blond, sie war einiges über vierzig.

Beim Abwärtsschreiten hielt sie sich konstant am Geländer fest und liess dieses keinen Augenblick los, bis sie es zuletzt dennoch tat. Da schimpfte sie angeekelt: «Oh pfui, wie das klebt, sehen sie sich mal meine Hände an» Sie fuhr mit ihren schmalen, verschwitzten Händen auf und ab am Geländer und meinte angewidert: «Überall dieser Schmutz, diesen Staub!» Alisa hatte dafür kein Verständnis und machte ein langes Gesicht und sagte jetzt auch nichts, sie dachte bloss: «Die fängt jetzt noch an abzustauben» Die Andere suchte nach Taschentüchern und klagte:

«Wissen sie, den ganzen Tag stehe ich in München in einem sterilen Labor und komme kaum an die frische Luft. Aber hier komme ich an die Luft, habe die frische Brise vom Meer, aber dafür den Staub und den ganzen Schmutz hier. Ist doch schon verflixt, entweder das Eine oder das Andere, nur nie Beides zusammen, frische Luft und Reinheit».

Alisa antwortete jetzt doch etwas:

«Wie wahr, beides zusammen gibt es nicht, das könnte so sein! Aber sehen sie doch nach unten, das Wasser ist sauber». Die Andere sah sie nur komisch von der Seite an. «Sie sind aus der Schweiz, wie man sieht». «Wieso sieht man das?» «Ach nur so» «Sind sie auf der Hochzeitsreise mit ihrem hellblauen Kleid?» Alisa biss sich auf die Lippen und sagte spöttisch: «Besser, aber das Kleid brauche ich bei der Ankunft». Allmählich holten sie die andern auf. Die beiden Herren hatten zuvor etwas Vorsprung gewonnen und warteten auf die beiden Damen.

Vulkanisches Gewässer

Jetzt konnte man schon gut die schwarzen Steine mit den Badenden sehen. Zahlreich waren diese grossen Brocken, teils aus Lava, an der Bucht im Meer verstreut und wurden von heissem Wasser unterspült. Ihre kreisförmige Anordnung bildete ideale Badebecken zum hineinliegen. «Das möchte ich auch probieren!» rief Alisa begeistert. Einige Leute, bereits in Badehosen, kletterten noch in ihren Schuhen über die heissen Steine, bis sie es endlich wagten, diese auszuziehen. Der Arzt wies auf eine Tafel die vorn im Sand steckte. In allen drei Sprachen konnte man in grossen Lettern lesen: ATTENZIONE AGQUA BOLLENTE – SI SCIVOLA – WARNING

BOILING HOT WATER – YOU CAN SLIP –
ACHTUNG HEISSES WASSER – RUTSCH-
GEFAHR!

Die meisten lagen bereits in ihrer Naturwanne
und plantschten mit Händen und Füssen wie die
Kinder. Einer kochte gerade ein Ei und vorne
stand ein Eierkorb bei einem heissen Stein im
Wasser. Es roch sehr nach Schwefel. Der Arzt
rief entzückt: «Das alles gratis und franko, das ist
noch besser als bei uns in Baden-Baden». Und
Harald fiel ihm bei: Ja, und ebenso wirkungsvoll
wie in den Giardini Poseidon Terme, den teuren
in Forio».»Ja,ja, die geben sich alle Mühe dort,
aber die Natur hat bis jetzt noch keiner übertrof-
fen», stimmte der Arzt bei. Jetzt meldete sich
auch die Gattin des Arztes: «Das mag ja so sein,
aber in Forio Termen war es doch so schön, die
Kultur hat da auch einiges erschaffen». Der Arzt
korrigierte sie: «Das ist deine Philosophie, aber
Forio ist die Wirtschaft!» «Beides! rief Alisa dazwischen, um auch noch den Senf dazuzugeben.
Endlich wateten alle vier zu einer noch freien
Stelle im vulkanischen Gewässer. Es war phan-
tastisch, vom Meer her kam die frische Brise und
unter ihnen war es heiss.

Die Laborantin balancierte immer noch unsicher
über die heissen Steine und ihr Mann, der dies bemerkte, reichte ihr die Hand und umschloss mit

festem Griff ihr Handgelenk. Sie schwankte immer noch über den glitschigen Steinen, mal links, mal rechts und der Arzt hatte seinen Arm mal unten mal oben mit dem Handgelenk der Gattin, sozusagen um Auszugleichen, sodass er aber immer fester griff. Da gab es plötzlich einen kleinen Knacks, das Sicherheitskettchen löste sich vom Armband der Frau und damit fiel das Geschmeide plumps ins Wasser. Sie schrie auf: «Mein goldenes Armband ist weg, ich habe es verloren! Da unten liegt es, ich sehe es genau schimmern, da unter mir!» Sie bückte sich verzweifelt danach und kam so auch endlich ins Wasser. Mit beiden Armen griff sie in die Tiefe und suchte, aber vergebens. Poseidon kam ihr zuvor und griff mit seinem Dreizack nach dem kostbaren Gold. Das vulkanische Wasser sprudelte von unten hervor, eine kühle Welle vom Meer her durchspülte kräftig die Steine und frischte dauernd die Stelle auf und bald sah man nichts mehr von ihrem Schmuck.

Ewig hier bleiben können wir nicht, kommt ihr auch, wir gehen!» rief der Zürcher rastlos. Schon war er aus dem Wasser und schlüpfte in die Hosen ohne sich gross abzutrocknen. Alisa ergriff beide Instrumentenkoffer und folgte ihm so rasch sie konnte, sie wollte das Ärztepaar lieber jetzt als nachher loswerden. Diese blieben denn auch noch zurück. Das Musikerpaar erklomm wieder die in Serpentinen gewundene Treppe am Felsen, und die steinernen Stufen führten sie empor, zurück auf den Panoramaweg, der Pfad nach St. Angelo. Die Luft war nirgends so rein wie hier und sie genossen die frische Brise die vom Meer her zu ihnen herüberwehte. Ein abkühlendes Bad hatten sie ja kaum in der heissen Bucht und sie schwitzten schon wieder.

Fussmarsch, Küstenweg nach St. Angelo

Hier hatten sie den grössten Ausblick übers weite Meer. Auf dem Höhenweg sahen sie auch schon von weitem die pyramidenförmige kleine Insel im Meer die zu dem gesuchten Städtchen gehörte. Als die beiden wieder auf der Landstrasse oben waren, kam gerade der Bus angefahren und sie überlegten sich diese Gelegenheit zu dem bequemeren Weg. Also bestiegen sie noch einmal den Bus bei der vorletzten Station vor St. Angelo, welcher aber vor dem Städtchen endgültig Halt machte. Kein Fahrzeug konnte da noch weiter. Die Gässchen waren zu eng und zu altertümlich, noch so wie im Mittelalter.

Touristen und Gitarristin begegnen den Eseln

5
St. Angelo

St. Angelo ist eine kleine Ortschaft der Gemeinde Serrara Fontana und hat autofreie Zone. Es ist an einen Felsen geschmiegt, liegt in einer Hanglage und ein Haus nach dem anderen klebt daran. Aber jetzt kamen dafür die Lastesel zum Vorschein. Die sah man überall bepackt zu den Hotels hinauf- und hinabsteigen. Es gab einige Butiken zuunterst auf dem Marktplatz und auch noch darüber in den steil ansteigenden Gässchen. Auf einer Sandbank einer Felskante, führte ein ziemlich schmaler Weg zum Hotel hinüber, zu der kleinen Insel, welche zwar abgetrennt vom Festland, aber damit doch noch verbunden ist.

Dort stand eine kleine Häusergruppe aus etwa drei Elementen. Das vorderste hatte ein beschriftetes Vordach. Eine Pergola davor überdeckte die Gartenwirtschaft. Bäume gab es kaum, denn die Insel ist ein einziger Fels, teils mit Gebüsch bewachsen, aber sonst dem Wind ausgesetzt und ringsum ist nur das weite Meer.

Jetzt stieg die Spannung auf den Höhepunkt ihrer bisherigen Reise. Das Tempo ihrer Schritte erhöhte sich zunehmend und sie schalteten einen Gang höher.

Ankunft in St. Angelo

Jetzt waren sie an ihrem Ziel. Feierlich schritten sie über den schmalen Verbindungsweg und standen keuchend vor ihrem Hotel. Dieses Hotel heisst heute im Jahr 2019, Hotel Melodie und es wurden einige Trakte mehr hinzugefügt. Es ist kaum noch zu erkennen wie es damals noch war. Es wurde reich mit Pflanzen und Swimming-Pools verschönert. An der Rezeption wurden sie sehr freundlich begrüsst und willkommen geheissen. «Bon giorno Signore Becker».

Bald darauf kam der Hotelbesitzer Miguele Zunta zu ihnen und war sehr erfreut den Mandolinisten wieder zu sehen. Es war ein Jahr vergangen, seit er zum letzten Mal bei ihnen war. Er wendete sich zu der Begleiterin: «Ah, hier die Signora con la Gitarra, che bella!», und er streckte auch ihr die Hand entgegen. Sein Händedruck war etwas schlaff, so wie eine lahme Gänseflosse. Seine tiefen, dunklen Augen hatten einen müden Ausdruck. Sein schwarzes Haar war seitwärts gescheitelt und leicht mit Pomade frisiert. Er hatte eine sehr hohe Stirne und sein Kopf war oben ganz leicht etwas schräg und schmaler. Seine Hautfarbe war so ziemlich weiss und er hatte etwas von Adel an sich. Seine Statur war zwar nur mittelgross, aber er hatte eine vornehme Art in seiner Bewegung. Er wiegte sich bei jeder Veränderung und Handlung. Harald sagte ihr später, dass der Hotelier noch einen Bruder habe der oben auf dem gleichnamigen Berg Monte Zunta, eine Arztpraxis führe. Alisa war sehr beeindruckt von dem Empfang und lächelte immerzu. Der Hotelier gab sich alle Mühe, die amtliche Verpflichtung so privat als möglich auszustellen, denn sie musste auch den Pass vorweisen. Darauf erhielten sie ihre Schlüssel. Aus der kleinen, bescheidenen Hotelhalle, eher ein Entree, führte eine schmale Treppe hinauf zu den Zimmern, die für sie reserviert waren. Nebenan stand aber noch ein anderes Gebäude mit weiteren Hotelzimmern, aber sie durften im Haupttrakt residieren. Vielleicht wollte der Gastgeber diese Trennung mit Absicht dessen, wer jetzt wen stören würde. Es könnte auch etwas mit ihrer Buchhaltung zu tun gehabt haben. Sie hatten freie Logis, freie Übernachtung, das heisst ohne Essen, aber Logis auf Dauer. Ihr Zimmer war einfach aber sehr hübsch mit Doppelbett und sauber: Zudem hatten sie Aussicht in die Bucht und auf den Hafen. Alles Nötige war da, eigenes Badezimmer, Dusche, WC sauber, venezianisch eingefasste Spiegel und was will man mehr!

Elegie

Die sahen sich jetzt erst einmal richtig um in ihrer neuen Umgebung. Harald sagte: «Hier werden wir einige Wochen bleiben, du kannst jetzt die Sachen in die Schränke verstauen. Ich gehe jetzt mal zur Dusche und probiere ob Wasser kommt». Dann hörte man schon das Plätschern aus der Brause. Er kam zurück im Badetuch und sagte:

«Ich geh jetzt mal nach unten, ich muss da jemanden suchen. Bleib ruhig hier und nutze die Zeit zum Üben». Als er gegangen war, setzte sie sich mit ihrer Gitarre auf die goldfarbene Damastdecke des breiten Bettes und begann die Saiten zu stimmen, zu zupfen und leise zu schlagen. Dabei dachte sie an den zweiten Gitarristen aus dem Orangengarten. Einfach grandios, wie der das machte.

'*Der spielte oft gar nicht die Grundbässe oder Akkorde der jeweiligen Partitur. Nein, der schliff und griff wie ein Virtuose auf den obligaten Tonleitern herum, um immer wieder in die richtigen Akkorde zu finden*'. Es passte immer, es war wie eine Art Jazz, aber Italischer, wenn es so etwas gibt. «*Ja, so werde ich mich durchschlagen können*», dachte sie weiter. Basswechsel konnte sie bestens, aber sie würde jetzt auch auf die Intervalle achten, vor allem auf die Sext die ja dauernd in der italienischen Musik vorkommt und wie eine Schlüsselsequenz funktioniert. Mit Harald zusammen ging es ja immer wunderbar, er war sehr gutmütig und flüsterte ihr oft den gesuchten Akkord zu, wenn sie ihn nicht sofort fand. Aber er engte sie auch ein in ein strenges Konzept. Improvisieren war nicht erlaubt beim Duett-Spiel. Das traute er ihr nicht zu. Ihre Aufgabe war das Begleiten, da lag auch ihre Stärke, vor allem im Rhythmus. In einem anderen Roman würde jetzt stehen: *«mit diesen Gedanken schlief sie ein»*. Aber, oho, sie nicht, sie war hellwach. Er sollte die Richtige ausgewählt haben.

Ankunft der Touristen

Harald trat wieder ein und fragte: «Brav geübt? Komm, wir gehen etwas das Hotelareal besichtigen: Siehst du das Boot da unten in der Bucht, da sind soeben Neue angekommen». Als sie draussen standen, sahen sie auf das Städtchen hinüber von St. Angelo, wie es an den Berg gebaut war. Die kleinen Häuser leuchten weiss in der Abendsonne teils in frohen Farben. Ihr Hotel, auf dem sie sich eingefunden hatten, war von einem länglichen Sandstreifen umgeben und es führten einige Holzstege mit kleinen Booten daran an ihr Ufer. Harald wies auf eine Baracke: «Hier hinten können wir ungestört üben, wir müssen dazu nicht ständig im Zimmer bleiben». Jetzt kam ein ganzes Rudel von Touristen über den Verbindungssteg auf das Hotel zu. Zuvorderst schritt ihr Reiseleiter, der sich fleissig nach seinen Schäfchen umsah und ihnen immer wieder zuwinkte. Harald musste das Lachen verdrücken: «Die kommen von Neckermann, alles Deutsche! Aber Achtung, die sind ein dankbares Publikum!» Mit ihnen sollten sie denn auch ihre Freude haben, da konnte ihnen nicht viel passieren.

Die Gäste füllten alsbald die Rezeption und strömten anschliessen zum Esszimmer hinüber, nachdem sie ihr Gepäck verstaut hatten. Man hörte nur noch Deutsch. Aber alles sprach etwas Deutsch hier, das Personal, der Hotelier und seine Frau, einfach die ganze Belegschaft. Sie war eine gebürtige Italienerin und hatte schönes schwarzes Haar und dunkle Augen mit zusammengewachsenen Brauen darüber. Er sprach wieder von den neuen Gästen: «Weisst du, mit Neckermann reist man viel billiger, noch günstiger als wir, aber wir hatten ja dafür auch die Abwechslung!» «Ja, so kennen wir auch schon ein bisschen die Insel», stimmte sie ihm zu.

Dann mischten sie sich unter die anderen im Esszimmer. An ihrem reservierten Tisch stand bereits der Wein und es kam die langersehnte Pizza. Alle schmausten mit Vergnügen und vor allem mit Heisshunger, das ist der Beste Appetit. Harald kündigte an:

«Morgen Abend werden wir zum ersten Mal zusammen auftreten. Aber heute können wir noch etwas Bekanntschaften pflegen. Ich spiele heute kurz etwas allein. Lass dich aber nicht von den Herren einladen. So etwas tat meine Begleiterin vom letzten Jahr und ich habe kurzum, ohne ihr Wissen das Hotel gewechselt und liess sie die Rechnung selber bezahlen. Sie hatte natürlich keine Gitarre wie du, die wollte sich nur amüsieren auf meine Kosten». «Jawohl, so sind sie!» gab Alisa zur Antwort. «Sieh mal, da drüben winkt mir eben eine Dame von letztem Jahr zu. Sie ist ganz nett, sieh dich nur um».

Nach dem Essen dislozierten sie in die Gartenwirtschaft und tranken Wein mit den Anderen. Bei einigen Gästen vom letzten Jahr wuchs schon die Spannung und sie fragten: «Wann werdet ihr spielen, morgen, um welche Zeit geht's los? Sie haben eine Begleitung mitgebracht, das Mädchen singt? Ja wirklich, ach wie nett!» Harald lachte nur: «Ihr könnt ja dann auch mitsingen, wenn ihr etwas kennt!» «Oh, wir wollen vor allem nur zuhören, liebster Herr Becker. Ihr Mandolinenspiel ist doch so süss!

Dame aus Frankfurt

Eine Touristin vom letzten Jahr setzte sich zu ihnen und bestellte eine Runde für ihren Tisch. «Das ist Frau Merz aus Frankfurt, die Frau eines Rechtsanwaltes», stellte Harald die Dame vor. Diese hatte starke Tränensäcke und gerötete Augen. «Wie geht's denn so in Frankfurt, Frau Merz?» diese schnupfte nur so: «Ach Gott, mein Mann ist eben letzten Monat gestorben, aber er war doch sehr krank, wie sie ja schon wissen». «Ich kondoliere ihnen, mein herzliches Beileid, aber das Leben geht weiter. Jetzt wollen wir erst mal eins trinken, damit sie besser darüber hinwegkommen. Eins auf die frischgebackene Witwe!» Diese lachte nur weinerlich und wischte sich eine Träne ab. «Bleiben sie immer bei uns, so lange sie mögen, nur nicht traurig sein!» «Nein, nein ich will sie ja nicht stören, damit sie morgen besser spielen können». «Sehr lieb von ihnen, dann wollen wir uns jetzt für kurz verabschieden, wir möchten noch zum Städtchen rüber». Und die beiden Musiker standen auf.

Abendrundgang

St. Angelo stand nun in voller Beleuchtung und hob sich pittoresk von der dunklen, es umhüllenden Felswand ab. Darüber prangte der Monte Épomeo und etwas näher der noch stark mit Bäumen bewachsene Mont Zunta. Es war gerade ziemlich ruhig drüben, denn die Leute waren immer noch am Essen und man hörte da Klappern von Geschirr und hie und da Gläserklirren. Diese klirrten auch spät bis in die Nacht. Die Gässchen waren leer und so konnte das Paar alles besser besichtigen, bevor der Rummel noch einmal losgehen würde. Sie schlenderten an den stinkreichen Villen mit ihren nierenförmigen Pools vorbei und konnten ab und zu einen Blick in das Innere erwischen. Alisa machte grosse Augen: «Die haben's, die haben ausgesorgt!» «Ja meinst du, vielleicht!» Da und dort wehte ihnen ein Duft von Haschisch entgegen. «Riechst du das auch?» «Das ist Cannabis, aber das ist noch nicht alles, die nehmen auch Kokain!» «Bist du sicher?» «Ja, letztes Jahr war ich zu so einer Party eingeladen, aber ich habe nichts genommen».

Auch in diesem Jahr, 1972, gab es eine Einladung für sie, aber davon erzähle ich später. Auf einer Anhöhe setzten sie sich auf eine Bank mit

Ausblick über das Meer und sie begann mit Fragen, die sie schon lange beschäftigten:

«Verzeih mir, ich möchte ja nicht indiskret sein, aber ich muss dich etwas fragen, jetzt haben wir ja etwas Zeit füreinander. Wie war das denn mit deiner früheren Frau?» «Oh, ich hatte sogar zwei!» Sie blickte ihn verstohlen und neugierig an und bohrte weiter: «Und du bist von beiden geschieden?» Er atmete tief durch und begann zu erzählen: «Meine Letzt liess mich einfach im Stich und sie hat es sehr perfid angestellt.» «Wie denn?» «Sie liess sich von einem andern schwängern und das war's dann wohl. Natürlich bin ich unschuldig geschieden worden, als sie dies verlangte». Alisa bekam richtig Mitleid mit ihm und sagte nachdenklich: «Das war sicher sehr traurig für dich». Er zuckte die Schulter und lächelte: «Ja, aber da begann ich zu reisen und ich kam zum ersten Mal hierher auf Ischia. Hier konnte ich mich erst mal richtig erholen». Sie fragte weiter: «»Und dann warst du frei, hast keine Kinder?» «Nein besser nicht, ich hätte sowieso nicht genug Zeit gehabt. Ich war damals Lehrer einer Primarklasse mit 30 Schülern. Die hatte ich alle zu unterrichten und ihre Aufgaben zu korrigieren. Das wurde mir zum Verleiden. Ich richtete mir ein Musikstudio in Zürich ein und begann Gitarre zu unterrichten. Frühmorgens fuhr ich mit dem

Velo in dieses Studio, schon früh vor fünf Uhr, um den Ofen anzuheizen. Dann ging es zurück zu meiner Schulklasse und am Abend fuhr ich wieder zu meinen Musikschülern und machte dort weiter». «Krass, welch ein Abenteuer!» Er fuhr weiter: «Aber ich hatte noch nicht genug. Ich begann am Lehrerseminar die Ausbildung für Sekundarlehrer und erreichte auch das Diplom – ich wurde gewählt und dachte, dass dies meine Frau stolz machen würde, dass sie Freude hätte, aber oha, das war ihr zuviel. Sie begann zu streiten und bald schon war da heimlich ein Liebhaber im Hintergrund. Bald flog alles auf. Sie wurde schwanger und meinte noch ich sei selber schuld. Sie hatte genug von mir!» «Sie hätte stolz auf dich sein sollen», meinte Alisa. Er schüttelte nur den Kopf: «jetzt weisst du aber viel von mir». Aber da war noch etwas, was sie wissen wollte und fragte unvermittelt: «Und die andere Frau, wie war das?» Jetzt hingen seine Mundwinkel gänzlich schief und er holte wieder Atem: «Die war noch viel schlimmer, sie war eine Schönheit und das Leben mit mir war ihr zu langweilig. Sie wollte Partys, und ich wollte Bildung. Punktum, sie verliess mich schon im ersten Jahr. Nach neun Monaten reichte sie die Scheidung ein und ich liess sie gehen». Alisa sah auf das weite, dunkle Meer hinaus und sagte: «Ich möchte, dass dir das nie mehr passiert, bleib bei mir!» Er sagte nur: «Komm wir gehen essen».

Am nächsten Morgen übten die Beiden schon früh im Freien hinter einer Baracke seitlich des Hotels. Von zehn bis elf gingen sie schwimmen am nahegelegenen Strand. Er füllte sich allmählich mit Liegestühlen welche die Badegäste mitbrachten. Dies war aber schon wieder seine Stunde zum Aufbrechen, rastlos wie er immer war. Kaum abgetrocknet suchte er mit ihr den schnellsten Weg zur Baracke zurück. Er machte ein paar Fotos von ihr mit ihrer Gitarre, mit der auch er einmal posieren musste, dann wurde wieder geprobt.

Geplauder beim Frühstück

Am zweiten Tag nach ihrer Ankunft auf der kleinen Insel, sassen sie mit der Witwe aus Frankfurt zusammen am Frühstückstisch. Ihre gebräunten Beine glänzten wie geölt und frisch rasiert. Frau Merz war sehr gesprächig: «Stellen sie sich mal vor, was mir letzte Nacht passiert ist. Sehen sie den Herrn dort unten in der Ecke?» Es war ein gross gewachsener Italiener, gepflegt, bunt gekleidet mit einer Freizeithose und ging etwas an die sechzig. Sie fuhr weiter: «Also da klopfte jemand bei mir an die Türe, als alles schon schlief. Ich ging hin und öffnete vorsichtig. Was glauben sie, was ich da sehen musste? Da stand der einfach da in seiner Unterbox, vor mir im freien Gelände. Er hielt eine Blume in der Hand und lächelte verschmitzt. Ohne ein Wort zu sagen, einfach so stand er da. Ich sagte, Herrgott, gehen sie doch schlafen, sie Casanova. Aber er lächelte mich nur weiterhin verlegen an. Der verstand kein Wort Deutsch. Schon ein Ding, was? Aber ich kann ja auch kaum italienisch. Er stotterte etwas Unverständliches zusammen und machte mir schöne Augen. Als die Blume langsam den Kopf senkte ging er wieder, aber ich glaube die Blume hatte einen Draht im Stil, den er langsam, unbemerkt abbog. Jedoch wissen sie, der ist noch gar nichts», fuhr sie unentwegt weiter und das Paar hörte ihr amüsiert zu.

«Der Hotelier hat so einen kleinen Jungen, den Giuseppe, den haben sie sicher schon gesehen, diesen Frechdachs. Der kommt mir jeden Tag Muscheln verkaufen die noch feucht sind und sagt ich soll sie zum Trocknen auf meinem Balkon auslegen. Die holt der darauf wieder zurück indem er über meinen kleinen Balkon klettert, bringt sie wieder nass, und verkauft sie mir aufs Neue. So ein Schlaumeier ist das». Harald lachte: «Früh übt sich wer ein Meister werden will!» Sie fuhr weiter: «Neulich kam er zu mir, hielt mir eine grosse Muschel ans Ohr und behauptete, er hätte eine Musikdose in der man das Meer rauschen hören könnte. Und er liess nicht locker, er wollte sie mir unbedingt verkaufen, drüben in den Butiken hätte er schon Absatz. Aus seiner Hosentasche zog er ein paar Hundert Lire Scheine hervor, darunter eine 500 Lire Note und schwenkte sie stolz in der Luft herum. *Noch hatte der 5-Hunderter seine Gültigkeit, aber im Jahr 1986 verlor dieser seinen Wert und wurde eingezogen und vernichtet. Dies also lange vor dem Wechsel in den € welcher erst 1999 eingeführt wurde.*

Nonna als Tanzmeisterin

Harald blieb nicht mehr lange am Tisch. Er empfahl sich: «Ich mach mal eine Runde, ich muss die Nonna suchen. Auch Alisa erhob sich und suchte Ruhe. Als sie das Zimmer betrat, sah sie auf dem Tisch das Programm für den Abend, welches der Partner zusammengestellt hatte. Hastig las sie es durch. Da stand auch etwas von einer Tarantella, Tarantella di Napoli. Dann verliess sie das Zimmer wieder und ging über einen langen Gang. Sie befand sich über einer kleinen Terrasse, die mit den anderen Trakten verbunden war. Sie war zurückgesetzt, sodass man sie von vorne nicht sehen konnte. Nur wer sich im Gebäude befand, hatte einen Ausblick darauf. Jetzt staunte sie sehr, denn da unten tat sich was. Der Lehrer und die Nonna waren miteinander in regem Gestikulieren. Zwei kleine Mädchen, Brigitta und Concetta kamen hinzu und schwirrten um sie herum. Dann begann die schwarze Signora mit Anweisungen, zählte im 6/8tel Takt und begann zu tanzen. Und wie sie tanzen konnte, die alte Italienerin. Bald taten es ihr die Mädchen gleich mit diesen tiefen Verneigungen und Gesten der typisch neapolitanischen Folklore. Sie bewegten sich ohne Musik im Takt und folgten dem rhythmischen Händeklatschen und dem lauten Zählen der Nonna. Auch die Nonna machte ausholende, tiefe Verneigungen und berührte bei diesen Schwingungen mit ihrem schwarzen Kleid den Boden.

Das Debüt

Sie huschte wieder in ihr Zimmer, und als Harald herein kam rief er ihr zu: «Heute Abend geht's los. Heute kommt dein Tag! Aber vorerst sind es nur wir zwei. Dann bekommen wir Verstärkung». «Ich habe euch schon gesehen», rief Alisa. «Sehr gut, aber die Tänzerinnen kommen erst morgen, oder übermorgen. Da wirst du etwas gefordert sein. Die achten dann nicht auf dich, aber du, pass auf, du musst ihnen immer auf die Füsse sehen». Das ist genauso wie bei den spanischen Tänzen, dem Flamenco.
Es kam der Abend und damit ihr erster Auftritt. Unter der Pergola, mit schwacher Beleuchtung, im baren Kies, setzten sie sich vor die Gäste. Sie

bestritten ihr Programm zuerst mit Tessiner Liedern. Aveva l'ochi Neri, Neri. Era un bel Lunedi. Bionda, bella Bionda. Folia di Fiore. È parti da Zurigo, u.s.w.

Es wurde applaudiert und sie bekamen ihren ersten Drink spendiert. Dabei konnte sich Alisa etwas vom Singen erholen und frischen Atem schöpfen. Das wäre mal gelungen. Sie hatte kein Mikrofon, aber der Mandolinist spielte vor einem solchen mit einem kleinen Verstärker, wobei er jeweils den Refrain mitsang. Die Pause war kurz und sie gingen zum zweiten Teil über. Er eröffnete mit Arrivederci Roma, und schon summten einige Gäste mit. Es folgten weitere berühmte Lieder wie:

Santa Lucia, Azzurro, Capri Fischer, La Paloma, Lettere a Pinocchio, Fenestra che Lucive, Luna Caprese, Addio mia Bella Napoli, Fiesolana, Tu sei Romantica und zum Schluss Oi Vita! La Paloma sangen sie mit deutschem Text, weil das Original Spanisch ist. Sie bekamen grossen Applaus. Es ging jetzt gegen Elf Uhr und die Stammgäste brachten die anderen von den Hotels herüber. Jetzt griff Harald, das Zugpferd, nach seinen Lumpenstückli wie: Ambassadore, Es wurden noch Extra Stühle herbeigebracht. Dann wiederholten sie ihre Glanznummer: Love in Portofino. Da klatschten die Gäste doppelt. Harald verneigte sich, dann bog er das Mikrofon zu sich und begann zu scherzen:

«Danke für den Applaus, den hat sich mein Körper reichlich verdient. Sehen sie sich zum Beispiel meinen Bauch an, den muss ich täglich erziehen. Wenn er mal Wein will, bekommt er Wasser, wenn er aber Wasser will, bekommt er Bier, ja und wenn er dann halt nochmals Bier will? Was macht man da? Ach, irgendwann muss man ihm auch mal seinen Willen lassen!» Das gefiel den Deutschen, die so gerne Bier trinken. Wenn ich nicht irre, ist das doch ihr Nationalgetränk. Es kamen noch mehr Zuhörer hinzu und bald gab es keinen einzigen Platz mehr. Langsam ging es gegen zwölf Uhr, aber von Müdigkeit keine Spur.

Tarantella

Am dritten Tag wurden die Stühle und Tische zusammengerückt, denn da waren die Tänze angesagt. Die Mädchen, jetzt ihrer fünf, wurden zuvor von der Nonna einstudiert und brachten ihre Tamburine mit. Sie waren in froher Aufregung, aber sie gaben sich alle Mühe, nichts davon zu merken lassen. Farbenfroh stellten sie sich auf, aber sie waren furchtbar armselig gekleidet, alles bunt, gewiss, aber es war einfach eher alles aus Lumpen zusammengestiefelt. Ob es Absicht war oder Not, wer weiss? Jedoch diese kleinen mageren Quirle beherrschten dafür ihre Tänze und brillierten, dass es ein Vergnügen war. Der Musiker legte mit seinen Tarantellen los als die Mädchen ihre Tamburine schüttelten und sich im Kreis drehten. Alisa guckte, wie geheissen auf die zierlichen Füsschen der Tänzerinnen um nicht aus dem Takt zu fallen. Die Mädchen waren zumeist barfuss. Vor allem, wenn die Tänzerinnen mit ihren Armen tief am Boden ausholten gab es Taktverzögerungen und diese mussten sie geschickt miteinhalten und unterstreichen. Es erforderte einiges an Aufmerksamkeit für beide Spieler. Sie mussten auch gegenseitig ständig auf sich aufpassen und so wie die Darbietung daherkam, hatten sie nicht so genau eingeübt. Alles war Live.

Aber auch die Nonna war zugegen und passte auf. Ununterbrochen spähte sie genau auf die Kleinen Tänzerinnen: Concetta, Brigida, Annunzia, Zita und Gabriella. Die alte Dame stand etwas abseits im Dunkeln. Stolz erfüllte ihre Augen, aber sie verharrte stets im Hintergrund Ein einziges Mal kam sie kurz zu den Mädchen herbei und brachte ihnen noch eine zusätzliche Percussion. Dann zog sie sich wieder zurück, verschwand wie ein Geist. Da kann man wohl sagen: die Nonna hatte Takt.

Es wurde überaus applaudiert und die Gäste verlangten eine Zugabe.

Nach dem ersten Teil mit den Tänzen ging es wieder zu den italienischen Melodien zurück. Die Tessiner Lieder wurden aber auch bald wieder gewünscht von dem lieben deutschen Publikum, diese fehlen ja auch nie im Tessin. Das Programm hatte sich indessen so angereichert, dass es an den folgenden Abenden kein Problem mehr war bis um elf Uhr nachts aufzuspielen. Allmählich nahmen sie aber auch spanische Musik in ihr Programm auf wie zum Beispiel 'Mañana por la mañana, Perfidia, etc. Unterdessen scherzte und

unterhielt sich Harald, den sie jetzt auch Hazy nennten, mit den Gästen. Durchs Mikrofon gab er seine Hinweise zu jeweiligen Liedern: «Vendetta sempre Fiori, was da meine Partnerin ihnen immer vorsingt, das hat auch einen Grund, das ist nur weil wir in der Schweiz keine Muscheln haben, so muss sie eben die ganze Nacht Blumen verkaufen. Und im Tessin ist einfach das Meer zu weit weg. Aber bei euch drüben ist das ja besser, da habt ihr das Meer, nur etwas weiter oben – und jetzt spielen wir noch etwas von Charles Trenet 'La mer'», und er gab der Gitarristin das Zeichen. Jetzt merkten sie, dass es auch einige Franzosen im Publikum gab. Er freute sich selbst über seine gelungenen Scherze und war ganz in seinem Element, das durfte man ihm doch nicht übelnehmen. Im Gegenteil, durch seine Aufmunterung bekamen einige angestammte Italiener Mut und trauten sich auch ans Mikrofon des Unterhalters. Und sie konnten es, sie alle hatten mächtige Tenöre, mächtige und goldene Kehlen, ausnahmslos, und wurden auch applaudiert und zudem angeheizt.
Am nächsten Abend gab es sehr zur Überraschung, eine Einlage vom Söhnchen des Hoteliers, dem Giuseppe.

Garibaldi

Ein kleiner Bube, ganz allein, baute sich vor dem Publikum auf und begann laut und energisch zu singen: «Garibaldi, Garibaldi!» Dabei stampfte er immer mit demselben Fuss den Takt.

Auf seinen Kopf hatte er einen viel zu grossen Hut mit einer Feder aufgesteckt, der war so etwas wie ein Piratenhut. Er bekam mächtigen Applaus, das Publikum war hochentzückt und einige

Münzen in Centesimo und in Mark, wurden ihm zugeworfen. Zuerst hatte er nur im Kies, tief unten am Boden gesungen, aber ein Angestellter brachte ihm einen alten Korb hinzu, und so stand der Kleine am Schluss auf seinem Podest. Niemand war vorbereitet auf diese Show und im Hintergrund lachte der Hotelier sehr. Diese Nummer war auch wieder Live, völlig improvisiert.

'Giuseppe Garibaldi war immer noch der beliebte Freiheitskämpfer der Insulaner in Italien. Er hatte dereinst mit den Römern gegen die Franzosen und gegen die Bourbonenherrschaft von Sizilien gekämpft. Das haben die Inselbewohner bis heute nicht vergessen. Sie waren wie immer auf den Freihandel angewiesen und mussten sich seit je vor Gesetzesüberschreitungen in Acht nehmen und sich fürchten nicht verzeigt zu werden. Bis heute gibt es noch Schmuggler hier'.

Auch an diesem Abend kamen die Tänzerinnen noch einmal zum Zug und waren noch besser als vorhin.

Pizza um Mitternacht

Wenn die Aufführung zu Ende war, und die Gäste der anderen Hotels langsam über die schmale Landzunge zur grossen Insel zurück schlenderten, gab es für die beiden Musiker noch lange keine Ruhe. Sie wurden von den Kindern regelmässig in die anliegenden Pizzerien eingeladen, um besser zu sagen, mitgeschleppt. Es gab kein Ausweichen, und es wurde nochmals Pizza gegessen, dies auch schon gegen Mitternacht. Das Musikerpaar hatte keine bezahlte Gage, nur freie Logis mit Frühstück, und Harald nahm gerne solche Gelegenheiten wahr, er achtete nämlich auch etwas auf seinen Geldbeutel. So liessen sie bald das Abendessen aus und betraten hungrig, aber dafür auch nüchtern ihren Aufführungsplatz im Kies der Gartenwirtschaft. Wenn sie musizierten, konnte man ja nicht das Knurren in ihrem Magen hören. Und sie wussten, am Schluss gab es ja immer die Pizza. Sie wussten nur nicht, woher die Kinder immer das Geld hatten, aber es war schon klar, sie bekamen es von dem Hotelier. Vielleicht ahnte dieser auch, dass man nüchtern besser singt. Die Pizza-Grotten, direkt am Meer, über und in den Felsen gebaut, waren sagenhaft romantisch. Mit einer geheimnisvollen, bläulichen Beleuchtung die vom Boden herkam, hoben sie sich wie im Märchen vom nächtlichen Hintergrund ab. Amphoren waren am Eingang aufgestellt und darunter klatschte das Meer an den Felsen mit seinen Muscheln. Diese zierten in der Grotte drin dann überall die Wände, an denen sie in Netzen hingen. Es gab dazwischen auch grosse und schön bemalte Muscheln, auch Hummer mit roten Zangen daran und natürlich auch die Gabel des Neptuns. So waren die Namen der Grotten mal Neptun, mal Poseidon oder einfach Grotto St. Angelo. Da hätte es ja noch viele Möglichkeiten gegeben wie z. B. Delfin, Traum des Meeres, Sogno die Mare, Piraten-Grotto, sie dürfen selber noch etwas erfinden. In der Pause kam wieder einmal Frau Merz zu ihnen. Sie sprach manchmal über ein Geheimnis das es auf der Insel hätte und man hörte ihr aufmerksam zu. Sie trug wie immer ein hübsches und enganliegendes Abendkleid mit Blumenmuster, das ihre noch gute Figur zum Vorschein brachte. Ihre gebräunten Beine konnte man auch gut sehen und Strümpfe trug sie nie, aber kokette Schuhe mit leicht erhöhtem Absatz, das gehörte einfach zu ihr. Ihr blondes Haar war für den Abend gepflegt in Locken frisiert, welche Arbeit! So setzte sie sich zu Harald und flötete mit geschminkten Lippen etwas von einem Künstler. So hatte sie aufmerksame Zuhörer.

Der Maler in der Höhle

Unter den Gästen gab es ein Gerücht, dass hier auf ihrer Insel einige Höhlen vorkommen und in einer solchen ein Höhlenbewohner lebe! Auch Frau Merz sprach ja schon immer darüber, und jetzt kam es: «Sie sollten einmal mit mir kommen, ich möchte ihnen etwas zeigen. Haben sie morgen Vormittag Zeit?» Harald horchte auf: «Was gibt es denn? Sie wissen aber, wir haben nicht viel Zeit. Nur ihnen zuliebe, liebe Frau Merz, kann ich ja nicht absagen und keinen Wunsch abschlagen, also wir kommen!» So konnte diese etwas von ihrem Kummer und ihrer

Trauer vergessen. Sie sprach: «Ich möchte sie einmal zu einem Maler, einem richtigen Künstler führen, der da drüben in einer Höhle haust». «In einer richtigen Höhle? Also gut, wir kommen, morgen um halb Elf». Zu dritt kletterten sie etwas seitwärts des Hotels zu einer kleinen Anhöhe von etwa drei Metern empor. Dann standen sie schon vor der besagten Vertiefung im Felsen. Sie war von einem dürftigen, aber dicken Vorhang an einer Bambusstange hängend, verdeckt. Vorsichtig schob Frau Merz diesen etwas zur Seite und spähte ins Innere hinein, das ziemlich im Dunkeln lag und rief: «Sind sie da, Herr Januar, Besuch für sie!» So hiess dieser Mann tatsächlich. Es ertönte eine dunkle, sanfte Männerstimme: «Herein». Sie traten ein und sie sprach: «Ich bringe ihnen heute wieder Besuch, das mögen sie doch so gerne, nicht wahr?» «Ja, sicher, sehr erfreut, wer sind sie denn?» Frau Merz stellte sie vor: «Es sind Gäste aus der Schweiz, die zwei Musiker die unten im Hotel spielen!» «Ja, ich habe etwas gehört, aber dann bin ich leider wieder eingeschlafen».

Der Maler lag auf seiner Pritsche. Auf einem langen Tisch standen Farbtöpfe mit Pinsel in einer Büchse zusammen mit ein paar Krügen und Bechern. Leere Weinflaschen lagen im sandigen Boden. Sonst gab es da drin nicht viel anderes. Der Maler war über neunzig Jahre alt und hatte langes, graues Haar, das ihm in Strähnen in die Stirne fiel. Aus seinen tiefen Augenhöhlen glitzerten ihnen seine blauen Augen entgegen, feucht, halb verdeckt von buschigen Brauen. Müde erhob er sich etwas von seinem Lager und setzte sich auf: «Wollt ihr meine Bilder sehen, da drüben stehen sie an der Wand». Diese Wand war nur ein Stück Gewölbe im Felsen, schroffer Stein, und die Bilder waren dem Schmutz am Boden darunter ausgesetzt. Sie waren sehr expressionistisch, in wilden Farben und ohne erkennbares Motiv, sehr abstrakt. Er zögerte etwas: «Ich habe hier noch Zeichnungen», und er deutete unter sein Lager. Er zog eine Mappe hervor mit lauter Landschaftsbildern. «Sehr schön», raunten die Besucher. Harald fragte ihn, ob er auch Bilder von diesen Zeichnungen gemalt hätte. Der Maler deutete mit einer schwachen Bewegung nach hinten in das tiefe Innere der dunklen Höhle: «Da hinten habe ich viele solche Gemälde, in Öl, aber dafür interessieren sich die Besucher nicht mehr. Es muss alles abstrakt sein. Sie müssen selber hingehen, wenn sie die sehen möchten, ich bin zu müde und mag heute nicht aufstehen». Sie befolgten seine Einladung und schlängelten sich sachte an ihm vorbei, nach hinten, ins Innere der dunklen Höhle. Die Luft war arg muffig, aber sie störten sich nicht daran. Nur Harald meinte, dass das nicht sehr gesund sei für den kranken Maler. Frau Merz gab ihm Recht, aber sie sagte: «Da kann man nichts machen, aber er hat wenigstens einen Arzt, den Bruder vom Hotelier». Dann aber zogen sie neugierig ein Gemälde nach dem anderen hervor, ans Tageslicht, und staunten sehr. Sie waren alle überwältigt von der Pracht, die sich ihnen auftat. Es waren lauter Motive vom Hafen, von der weiten Bucht mit den vielen Booten, dem Meer und den weiteren Küstenlandschaften mit schroffen Felsen die ins Meer ragten, umspielt von den Farben der Sonne, die sich wiederum in den Wellen spiegelte und wie die Felsen und das schwarze Lavagestein glühten bei den Sonnenuntergängen. Es gab auch dunkle Szenen mit Fischerbooten auf dem nächtlichen Meer. «Das sollten sie mal unten im Hotel ausstellen», rief Alisa. Aber der Maler wollte davon nichts mehr wissen, das hätte er früher schon getan, aber der Hotelier habe keine Zeit mehr für diesen Aufwand. «Kommen sie doch wieder mal zu uns in die Gartenwirtschaft, wie letztes Jahr, Herr Januar», bat die Witwe. «Ach, ich bin zu müde, mag kaum mehr sprechen, und gehen schon gar nicht mehr». «Wir könnten sie stützen und so hinunterbringen und sie kämen etwas an die frische Luft». «Ach bitte nicht», wehrte er ab, «ich möchte nur noch lange, lange schlafen». Er versuchte sich dennoch kurz von seinem Lager zu erheben, aber er sank müde zurück und musste sich wieder hinlegen. An sein dürftiges Lager war ein Gehstock angelehnt und er wies darauf hin: «Ohne den geht gar nichts mehr!»

Nach einer Woche hiess es auf einmal, der Herr Januar sei ins Ospedale Anna Rizzoli eingeliefert worden. Es war das Allgemeine Krankenhaus in Ischia Lacco Ameno. Mit dem Bus war es gut zu erreichen, aber die Fahrt ging die halbe Küste entlang, zurück über Forio, das dauerte schon etwas. Das Musikerpaar besuchte ihn dort noch, in dem sehr ärmlichen Spital, wo er schon im Sterben lag. Im ganzen Krankenhaus roch es nach Salpeter, Lysoform und ähnlichen Desinfektionsmitteln, aber die Hitze kochte das nur noch auf. Er lag in einem Einzelzimmer auf einem Bett aus Metallstäben. Sein Bart war nicht mehr rasiert, aber er wirkte doch sauber gewaschen. Es war etwas kühler hier drinnen und der Duft etwas angenehmer als vorhin draussen in den langen Korridoren, welche sich gegen die mörderische Hitze zu wehren hatten. Die Wände waren völlig kahl, nicht mehr so weiss getüncht, da und dort blätterte der Putz, aber das Kruzifix fehlte nicht. Das sah schon sehr traurig aus, aber für diejenigen, vor dem Sterben, hat es vielleicht die richtige, oder die bessere Wirkung. Abschied nehmen, für immer, von der schönen Insel, das wurde so gewiss erleichtert. Wenn es auch schade war. Er hatte die Augen geöffnet und blickte immerfort zur Decke. Sie konnten ihm noch die Hand reichen und Abschied nehmen und er sah sie an, und Frau Merz, die ganz nahe bei ihm stand, küsste ihn sachte und so sanft auf seine Stirne. Er drückte ihr mehrmals die Hand, wenn er auch kaum noch sprechen konnte, nur hauchen, aber er erkannte sie noch bei Namen und auch die Musiker.

«Er hat es sich so gewünscht», meinte die Witwe des Anwalts. «Er wollte auf der Insel sterben». Sein Leichnam wurde später in einem plombierten Sarg nach Deutschland überführt. Vermutlich auf Anforderung seiner reichen Familie in Deutschland. Es gab hier keine Beerdigung oder Trauerfeier. Über seine zivilrechtlichen Verhältnisse auf der Insel weiss ich nichts, und seine Asche konnte auch nicht ins Meer gestreut werden. Aber wer weiss? Vielleicht ist einer seiner Verwandten nach Ischia gereist mit einem kleinen Tontöpfchen im Gepäck.

Die grosse Einladung

Eine hochgewachsene Dame mit Adlernase, pechschwarzem Haar, mit adligen Zügen in ihrem ganzen Aussehen, erwartete sie an der Rezeption. Sie war sehr vornehm und dezent in Anthrazit gekleidet und begrüsste den Musiker: «Cara Signore, kommen sie heute Abend zu uns zum Apéro auf unsere Party, sie werden es nicht bereuen und eine grosse Gage erhalten!» «Wo ist es?», fragte Harald sofort. «Es ist in unserer Villa dort oben, hier ist unsere Adresse». «oh, sehr erfreut, besten Dank, cara Signora, wann sollen wir dort sein?» »Morgen Abend, bei dem offiziellen Essen, etwa um halb neun, da sind die meisten schon da. Ihr Hotelier ist bereits informiert und einverstanden. Er wird einen Ruhetag einlegen». Am nächsten Abend suchten sie ihre Villa hoch über dem Meer. Bald befanden sie sich auf ihrer Terrasse. Viele Gäste waren schon versammelt und es wurde eifrig diskutiert und gestikuliert, durchwegs auf Italienisch. Sie waren alle aus Rom und Umgebung angekommen. Hausdiener servierten die Getränke. Dann wurden sie höflich angesagt und zum Spielen aufgefordert. Die Gäste wendeten ihre Köpfe alle gleichsam zu ihnen, als ob einer an einer Marionettenschnur gezogen hätte. Die Empfangsdame warf ihre

Arme in die Höhe und rief auf zum Applaus. Der Mandolinist begann zuerst allein zu tremolieren und Alisa drehte an den Knöpfen ihrer Gitarre herum um sie nochmals genau zu stimmen. Doch dazu hatte sie nicht lange Zeit, denn es stellte sich einer nach dem andern an in ihre Nähe um eine Arie zu singen. Es erklang 'Cuore n'grata, Non ti scordare a me', und weitere, Petzi aus leon Cavallo, auch solche die Caruso einst sang. Es waren vermutlich geübte Sänger aus einem Chor. Es ging sehr hoch und laut, bei all den Tenören und Alt-Stimmen zu und her. Jetzt begann ein Sänger solo mit 'Oi, Vita'. Alisa wusste bald nicht mehr in welcher Tonart sie schon wieder waren. Schnell schob sie den Kapodaster übers Griffbrett, wenn von A-Dur plötzlich in As-dur beziehungsweise in F-Moll gewechselt wurde. Da konnte sie ja in G-Dur weiterspielen, wo sie sich gut auskannte und mithalten indem sie den Kapodaster in den ersten Bund setzte. Aber schon wechselte einer die Stimmlage, also schnell weg mit dem Kapo. Dann versuchte sie es zum ersten Mal mit den obligaten Tonleitern, mit Sequenzen daraus, um überhaupt mal einen Ton zu treffen zu dieser Life-Aufführung.

Der Mandolinist lispelte ihr ständig das Tuning zu, oder den Akkord. Er schlug sich selber sehr gut durch zu dieser gehobenen Musik, sogar sehr schnell, aber sie hinkte immer hinterher. Wo sie einmal konnte, schlug sie den Rhythmus, bald versuchte sie es mit Bassläufen aber einmal gelang ihr auch eine Folge von Arpeggio.

Jetzt gab es eine kleine Pause und den Musikern wurden zwei Drinks gereicht. Die Gäste begannen wieder miteinander zu reden und fanden noch Zeit, den Musikern zu schmeicheln. Aber Alisa verstand nicht viel von ihrer Sprache, nur so viel hörte sie heraus, es hatte ihnen gefallen. Es wurde langsam spät, und als der Abend zu Ende ging, hatte sie sich ein paar Nägel abgebrochen und war heilfroh, als sie endlich gehen konnten. Harald bekam ein Couvert mit der Gage, welches er dankend entgegennahm und in sein Chile stopfte. Er öffnete es aber noch vorher und zog fünf 100'000 Scheine hervor. Nicht schlecht, das waren umgerechnet ca. 800 CHF. «Alles Lire, die muss ich dann in der Bank von Mailand vorher noch umwechseln bevor wir die Grenze passieren. Je nachdem, wie gerade der Kurs steht!», sagte er zu ihr.

Langsam machten sie sich auf den Rückweg. Dabei seufzte sie: «Ach, da bin ich aber schön ins Schleudern gekommen!» «Nein, nein du hast das sehr gut gemacht, so lernt man, das war gut so, immer schön mit den Bässen, in so einem Fall!» Es war eine wunderbare und noch warme Nacht, die Sterne funkelten am nachtblauen Himmel und spiegelten sich im tiefschwarzen Meer. Sie schlenderten langsam zu den Gässchen hinunter und die Umgebung wurde wieder lebhafter. Da wurden sie wieder aus ihren Träumen zurückgeholt und alsbald waren sie von den vielen Nachtvögeln, die bis zur Mitternacht feierten, umgeben. Die Leute waren bunt untereinander gemischt, Touristen und Einheimische.

Die Schmuggler

Die Nächte wurden allmählich länger, und einmal, so um vier Uhr morgens, stand Alisa schlaflos am Fenster und guckte zur Bucht hinunter. Dabei machte sie eine seltsame Entdeckung. Vom offenen Meer her strömten mehrere kleine Boote in die Bucht zu den vielen Holzstegen am Ufer.

Da leuchteten aus einigen Fenstern der Stadt am Hügel immer wieder Lichter auf, verschwanden kurz und gaben erneut Zeichen, welche von den Booten her alsbald erwidert wurden. Alisa wendete sich nach Harald um und fragte leise: «Schläfst du? Komm sieh dir das mal an!» Er kam zu ihr ans Fenster. Da sahen sie eine dunkle, gebückte Gestalt und dann eine zweite vom Hotel her zu den Schiffstegen huschen. Auch vom Städtchen her kamen einige Gestalten eilig hinunter zu den Booten. Weiterhin leuchteten die Lichtimpulse von den Fenstern mit den Taschenlampen der Bootsleute. «Die geben sich Morsezeichen, das sind Schmugglerboote. Sie liefern sich seit Urgedenken so den Tabak und jetzt auch noch die Drogen», erklärte er ihr. Die zwei ersten dunklen Gestalten huschten wieder zu ihrem Hotel zurück. Eine war vermummt wie ein Benediktiner-Mönch. «Jetzt verstehe ich, warum der Hotelier und die Nonna stets so unausgeschlafen wirken und solche schwarzen Augenringe haben», flüsterte Alisa. Er meinte: «Die Nonna ist schon über achtzig, aber jeden frühen Morgen, noch vor Tagesanbruch, geht sie zum Strand runter und bringt die Abfallsäcke, das wusste ich. Aber dass sie da auch noch mitmacht verwundert mich keineswegs. Sie ist wohl die Älteste in diesem Gewerbe. Von etwas müssen sie ja leben, diese arme Bevölkerung hier. Du sagst niemandem etwas über unsere Entdeckung, klar?» «Ja sicher, kein Wort, sonst wären wir ja Mitwisser. Gehen wir lieber noch etwas schlafen».

Bad im Meer

Aber da ging im Morgennebel die Sonne auf und von ihrem Fenster aus sahen sie, wie sie sich langsam am Horizont aus dem Meer erhob und alsbald rosa-goldig über das Wasser glitzerte. Da konnten sie denn doch nicht mehr ins Bett zurück. Schon duftete der Kaffee durch die Gänge zu ihnen empor.

An diesem Tag gingen sie schon früher zum Strand hinunter, um sich etwas zu erfrischen, aber auch noch bis elf auszuschlafen. Von ihrem Hotel aus konnten sie direkt zum nahegelegenen Sandstrand hinunterlaufen. Dort jedoch war die Verlockung des Meeresgottes Poseidon grösser als die Macht des Hypnos, dem griechischen Gott des Schlafes und der Träume. Obschon es noch nicht so heiss war, schwirrten nämlich zahlreiche Insekten herum und warteten auf ihre Opfer. Bei der kommenden Hitze würden sie ja dann verschwinden, aber sie sahen sich rechtzeitig vor. Sie bemerkten diese sehr bald und wichen ihnen aus ins salzige Nass und stürzten sich voll Wonne in die kühlen Fluten. Harald lachte: «Hier hat man die Wahl, entweder von den Insekten, oder von den Fischen gefressen zu werden». Doch der Südwestwind brachte bald eine frische Brise vom Meer her, und das passte den Fliegen auch wieder nicht, sodass sie allmählich verschwanden. Noch gab es nicht viele Badende am Strand und es war erst nur ein einziger Sonnenschirm aufgespannt. Ein paar Liegestühle warteten aber schon auf die Badegäste. An diesem Strand gibt es auch viele Fischerboote und Jachten. Er liegt auf der Südseite der Insel, die zur Amalfi Küste führt. Der andere, viel mehr besucht, liegt auf der Nordseite des Verbindungssteges. Der Sand- Steg wird jeweils überspült bei Flut, doch keiner lässt sich dadurch aus der Ruhe bringen.

Bei diesem Morgenbad im Meer war sie einmal allein zurückgeblieben, weil ihr Freund weiter hinausschwamm und noch länger herumschwamm. Sie beobachtete ihn scharf und sah immerzu auf die Wellen, ob da ein Fisch käme. Bis jetzt hatte aber keiner etwas davon gehört, dennoch war sie beunruhigt.

Da kam ein junger Mann auf sie zu und redete sie an: «Verzeihen sie meine Dame, ich möchte sie etwas fragen. Wieso gehen sie immer mit diesem alten Herrn, wo sie doch eine Menge andere junge Männer haben könnten?» Sie rief: «Was sind das für Fragen?» «Sind sie seine Angestellte, oder was, und er lässt sie nie frei?» Er wurde schon frecher und blickte auf ihre Hände, dann musterte er sie von oben bis unten. Das Paar hatte ihre Ringe längst wieder abgezogen, somit blieb die andere, peinliche Frage weg und sie hüllte sich in Schweigen.

(Badestrand an der Südküste,)

Er stocherte weiter: «Möchten sie nicht mit meiner Jacht einen Ausflug unternehmen, ich könnte sie an der ganzen Küste herumführen. Der Knacki soll doch warten, was glauben sie, was der für Augen macht!» und er grinste übers ganze Gesicht. «Sind sie doch still!» zischte es zurück. Aber er wollte nicht aufgeben: «Dort oben, in den Villen habe ich ein Appartement. Ich lade sie ein, kommen sie mit, sogleich?» Jetzt wurde sie aber wütend: «Niemals werde ich das tun, damit sie es wissen!» Er zweifelte immer noch: Und wieso nicht, gibt es da ein Geheimnis?» Jetzt sah sie ihn ernsthaft an: «Ich bin frei, aber dann wäre alles aus zwischen ihm und mir, kommen sie mal rüber zum Michele, dort spielen wir zusammen, verstehen sie jetzt?» «Ach so, die seid ihr?», hauchte er. Dann winkte sie ihrem Partner in der Bucht draussen zu. Er hatte das Manöver längst gesehen und schwamm schnell zu ihr zurück, noch bevor der andere weg war. Triefend stand er vor ihnen und rief: «Na, na, wollte da jemand anbeissen?» Er blähte die dicht- und weissbehaarte Brust und der andere verzog sich ohne ein Wort zu sagen. Das bekam ihm auch besser, der Musiker war um einiges grösser und ihm sicher überlegen. «Der hat jetzt den Schwanz eingezogen», murrte er noch.

«Heute besuchen wir die Cava scura und nehmen eine Fangopackung. Wir gehen sogleich von da aus, aber nicht über den Seeweg mit dem offiziellen Boot, wir gehen zu Fuss über den Höhenweg, siehst du dort oben?»

6
Höhenweg zur Cava Scura

Auf dem Höhenweg duftete es wunderbar von Rosmarin, Thymian und Eukalyptus. Der Pfad war teilweise mit einem Seil befestigt, denn es gab Stellen, die steil in die Schlucht abfielen und der Weg war da besonders schmal. Das Seil hing an Eisenkolben welche im Felsen einge-schlagen waren. Schroffes, längliches Felsgestein ragte in die Höhe und dahinter sah man das Meer. Es wurde schon langsam heiss, denn es war schon Mittag. Einige deutsche Wanderer gesellten sich zu ihnen. Die Männer nagten an ihrem Proviant, ihrer mitgebrachten Wurst. Sie hatten einen klei-nen Rucksack und trugen Shorts, geschlossene

Wanderschuhe mit Socken und farbige T-Shirts. «Ihr seid doch die Musiker von da unten, vom Zunta?» fragten sie zusammen. «Ja, die sind wir, und ihr, wo seid ihr denn her?» «Wir kommen aus Köln. Ach, wir sind da unten in einem anderen Hotel einlogiert, mit Swimming-Pool, auf privater Basis, aber es ist etwas teuer. Nun sparen wir eben» «Ihr spart das teure Boot zu den Caves?» «Nicht nur, wir kennen auch noch ein Gratis Thermalbad auf diesem Weg». «Ja, das kenne ich auch, weiss nur nicht mehr genau wo das ist, sie meinen doch die Schweinebucht?», und der andere lachte: «So wird sie von den Touristen allgemein genannt». Es ist nur so ein Tümpel, aber voll heissem Schwefelwasser und Fango. Jedermann kann da hineinliegen. Er rief: «Kommt mit, wir zeigen es euch». Sie arbeiteten sich hintereinander vorwärts, jetzt in der Gruppe. Der Weg wurde wieder breiter. Und richtig, bald kamen sie verschwitzt zu der Stelle.

Ganz unauffällig und versteckt, lag neben ihrem Weg, zwischen Gräsern und Büschen mit Ginster und Schilfrohr, ein unscheinbarer kleiner Teich, oder eher ein Tümpel. Er war etwas grösser als zwei Badewannen. Vom deutschen Grüppchen, aus vier Personen bestehend, wälzte sich der mit dem grossen Bauch zuerst in dem grauen

Schlamm. Er bestieg diese nur mit Unterhosen und bald darauf folgte ihm der Zweite, dann auch

die anderen. Der Dicke sagte: «Wir wechseln nachher in die frischen Badehosen, da die Hose jetzt nach dem Bad stark mit Lehm verdreckt sein wird. Danach können wir diese besser auswaschen». Es hatte jeweils nur einen Platz in der

Naturwanne und als der Erste herausstieg folgte ihm dann der Zweite. So ging das eine Weile. Plötzlich begannen die Umstehenden zu lachen, als der Jüngste wieder aus dem Tümpel hervorstieg. Fragend schaute er in die Runde: «Was ist los, wieso lacht ihr so blöd?» Die Antwort kam prompt: «Sieh dich doch mal an, wo hast du denn deine Hose?». Diese war ihm heruntergerutscht und hingen ihm schwer, voll Schlamm beklebt, irgendwo an den Knien unten. Sein Kleinster, diesmal aber völlig nackt, schlüpfte aber anschliessend noch mal in den Fango und wälzte sich wie ein Leguan darin herum. Oder wie ein Krokodil. Diese gab es ja nicht hier, aber dafür Schlangen, das wusste man.

Der Adlerhorst

«Kennt ihr schon den Adlerhorst?» «Ja, war auch dort im letzten Jahr, gehen wir zusammen». Bald nach ihrem Weitermarsch hatten sie die hohen, schroffen, kupferroten, weissen und braunen Felswände vor sich, durch die sie auf schmalem Weg passieren mussten. «Das sieht ja gigantisch aus, wie in der Urzeit, im Paläotikum,», staunten alle. Paläolithisch, altsteinzeitlich. Links von ihnen, gab es eine kleine Abweichung und der Weg führte zu den hohen Felshängen. Der andere war bereits mit Wegweisern

versehen: 'Zu den Tavernen – CAVA SCURA'.
Sie wählten deshalb vorerst den kleineren, abwei-
chenden Pfad. Ein paar Meter weiter vorne sahen
sie eine mit Wellblech bedeckte Holzhütte, eher
eine Baumhütte, direkt an den Felsen gebaut. Sie
stand auf hohen Pfählen und war von magerem
Gebüsch umwachsen. Es sah aus wie von Pfahl-
bauern errichtet. Es war der ADLERHORST. Er
war am Eingang mit einer Holztafel und eingebrannten Lettern beschriftet. Über eine offene
Holztreppe, eher eine Leiter, mussten sie hinauf-
klettern um in die Wirtschaft zu gelangen. Die
Gattin stöhnte schwitzend: «Wann bekommen
die endlich eine Treppe?»
Endlich oben angekommen, war ihre Überraschung dafür gross. Sie landeten auf einem grossen Podest aus geschliffenen Balken. Es hatte
zwei lange Tische mit Klappstühlen, alles aus
Holz. Weitere Holztafeln mit eingebrannten
Buchstaben gaben ihnen das Angebot der Wirtschaft bekannt: Vino di Monte Zunta, frische Fi-
sche, Knoblauchbrot, Most. Das war alles.
Auf einem anderen Täfelchen stand: 'Wir nehmen Mark'. Alles sehr günstig in D-Mark umgerechnet und in Lire. Die Italiener nahmen damals
noch gern die Mark, denn sie hatte einen guten
Wechselkurs. Ich erinnere mich, dass die Mark
damals noch ca. CHF 1.65 kostete. Heute sind wir

schon nahe der Parität. Die Leckerbissen aus der Küche waren gewiss die heissen, langen Baguetten mit Knoblauch und Olivenöl. Man wartete darauf aber zwanzig Minuten lang. Und alle hatten solchen Heisshunger.

Eine andere Surprise, für die zwei Musiker, war es, als sie Frau Merz, die freundliche und intelligente Dame aus dem Hotel, bereits am Tisch sitzen sahen. Harald konnte seine Freude nicht verbergen. Sie war jetzt zwar keine Schönheit, ihre Frisur, nach der Kur in der Cava scura war nicht mehr gepflegt wie sonst, sondern unter einem Kopftuch versteckt. Aber das machte sie nur noch sympathischer. Diesmal bestellte er den Wein für sie. In der Ecke am Tisch stand ein hohes Kreuz aus Holz und Alisa lehnte sich an. Harald breitete die Arme aus wie ein Adler und Alisa wich schnell aus um nicht von den Schwingen des Raubvogels erfasst zu werden. Aber er war es ja, der ihr im übertragenen Sinn Flügel verleihen konnte. Der ganze Tisch wurde von seiner Fröhlichkeit angesteckt. Einer begann zu singen und bald stimmten alle mit ein in das alte Lied, *'Capri-Fischer'*. Frau Merz sagte zu ihnen: «Nur keine Eile, nur die Ruhe. In den Bädern herrscht ein Rummel, man findet dort kaum einen Platz, warten sie bis einige gegangen sind. Erst gegen vier Uhr brachen sie auf.

Die Therme Cava scura

Sie nahmen wieder ihre Wanderung auf und gelangten durch die hohen Tuffsteinfelsen, bis zu den Tavernen. Die urtümlich gigantischen Felsen, welche ihren Weg säumte und sie in der Schlucht umschlossen hielt, war eigentlich das Imposanteste von allem, was sie je gesehen hatten. Ischia ist vulkanischen Ursprungs, das sah man hier jetzt, an diesen eigenartigen, hohen Felsen. Sie staunten hoch hinauf um noch ein Stück Himmel zu erkennen. So tief umschlossen waren sie zuweilen. Doch dann standen sie auf einmal da, an ihrem Ziel. Nach dem Eingang passierten sie zuerst die vielen alten, gebrechlichen Italiener, die sich bereits auf den Liegestühlen ausruhten. Viele kranke Menschen suchten hier ihr Heil. Dass diese Thermen eine heilsame Wirkung haben ist seit der griechischen Besiedlung bekannt und wird in der heutigen Zeit immer wieder von den besten Ärzten bestätigt. Eine Besonderheit dieser heissen Quellen ist ihr Radon-Gehalt. Auch Krankenkassen bezahlen eine solche Kur.

Die Packung in Fango gab es für sei dann doch noch, als wieder ein Platz frei wurde in einer Kabine. Zuerst mussten sie duschen, was ihnen aber sehr gefiel. Dann wurde ihnen die Kabine zugewiesen. Sie war in einen Felsen vertieft und das blaue Holz, etwas wie ein Schildwach- Häuschen, war mit einem weissen Tuch an der vorderen Klapptüre behangen. Nach hinten ging es ins Dunkel der Höhle, oben unten seitlich, alles Stein. Sie legten sich auf die uralte Steinbank, unten hatte es die Form einer Wanne. Eine Wärterin kam zu ihnen und beschmierte ihren entblössten Leib mit der grauen Masse. Mit einem breiten Pinsel wurde Fango auf ihnen verstrichen. Dann verliess sie die Verpackten und gingen zum nächsten Opfer. Die Sitzung, aber in

Liegeposition, dauerte etwa 8 – 10 Minuten. Die Zeit durfte nicht überschritten werden. Danach durften sie wieder duschen, der Lehm floss an ihnen runter, dann bekamen sie wieder ihre Bade-hosen. Die Dusche war reines Thermalwasser. Auch für sie standen Liegestühle zum Ausruhen bereit, aber sie verzichteten darauf, sie hatten nicht mehr lange Zeit. Auch wurden die Bäder bald geschlossen, dies nach sechs Uhr. Sie kamen jedoch noch in den Genuss einer Massage mit dem speziellen und überaus gutduftenden Pflege Öl der Institution. Voll parfümiert brachen sie auf, nur diesmal sollte es bequemer gehen.

Für den Rückweg wählten sie das Boot, das stündlich in der Bucht unten wartete. Ein Tourist gab ihnen den Hinweis, dass abwechslungsweise das Boot einmal zur Amalfi- Küste, dann wieder nach St. Angelo fahre. Ihr Boot sei eben noch un-ten und sie mussten sich beeilen. Es war auch eine hübsche und aussichtsreiche Fahrt der Küste ent-lang, bevor es sie zurück an ihren Ort brachte. Zu-erst gab es eine ausladende Fahrt ins Meer hinaus. In weitem Bogen schwenkte es allmählich St. An-gelo zu. Im Westen, den sie jetzt vor sich hatten, verabschiedete sich allmählich der rote glühende Ball der Sonne und versank am Horizont.

Die **Cava Scura**, die sie später noch ein paarmal besuchten, ist bis heute im Jahr 2019 immer noch in etwa das Gleiche geblieben, nur die Preise sind inzwischen angestiegen. Nicht viel wurde verändert, im Gegensatz zu all dem anderen und den beschriebenen Orten. Alles ist ausgebaut worden, verbessert wo immer es ging und alles kostet Eintritt, alles ist eben doch anders. Jahre später gab es einmal international die Meldung, dass am Maronti Strand ein Stück Fels in die Bucht gestürzt sei. Es war ein grosses Fressen für die Boulevard-Zeitungen, aber ein grosses Wehklagen für die Inselbewohner.

Der letzte Abend

Vor ihrem Abschied im Hotel gab es etwas ganz Besonderes, Das Abschieds-Honeur. Der Hotelier schenkte Alisa eine goldene Halskette. Unten waren die Glieder mit einem eingravierten Emblem versehen. Es waren ihre beiden Vornamen. <Harald & Alisa>.
Aber am letzten Abend gab es nochmals, und eine noch grössere Überraschung. Am Ende ihrer Aufführung wurde Alisa plötzlich von den Kindern des Hotels umzingelt, zwei junge Kellner eilten hinzu, und dann wurde sie in die Höhe gehoben und im Fischgrat von der Szene weggetragen. Sie strebten mit ihr dem Eingang des Hotels zu und Harald folgte ihnen nach. So ging es weiter durch das Entrée, an der Rezeption vorbei und dann die

schmale Treppe hinauf, in den ersten Stock, weiter schob sich die Raupe bis in ihr Zimmer.

Dort wurden sie beide zusammen aufs breite, blu-
mengeschmückte Bett geworfen, einer nach dem
andern, zuerst sie, und als Harald daneben stand
auch er noch. Zwei junge bärenstarke Italiener
hatten auch mühelos den 88 Kg Körper hochge-
hoben und er landete wie auf einem Trampolin.
Es war 'Italianita', ihre landesübliche Gast-
freundschaft, und zudem ein altes Brauchtum.
Es war überwältigend und unvergesslich. Im folgenden Jahr waren sie schon wieder unten bei

Miguele Zunta. Wieder spielten sie auf, und wieder machten sie die schönen Bootsfahrten.

Nachwort

Auf dieser Insel gibt es so viel Schönes zu sehen, aber ich konnte leider nur beschreiben, was die beiden Reisenden selber alles gesehen und erlebt haben. Sie konnten nicht wie all die Andern die vielen interessanten Orte aufsuchen, und wenn, so nur für eine kurze Weile, denn sie mussten ja immer wieder weiter, fit sein für ihre Musikunterhaltung für Auftritte vor anspruchsvollem Publikum, den Gästen ihres Hotels. Und sie mussten immerhin den Anforderungen des Hoteliers gerecht werden. Sie hatten freies Logis, aber sie mussten auch viel üben. Ihre Abmachung oder Vereinbarung war freier Art und in diesem Sinne sollte es auch sein, ein schöner Ferienaufenthalt. So etwas war noch möglich, damals im Jahr 1972-74 für sie, und für viele andere. Im letzten Jahr, als sie zurückkamen, war die Piazza ihres kleinen Fischerdörfchens mit einer grossen Tribüne und vielen Lautstärken verstellt, der Empfang wurde anders, überlaut, leider. Als die Manager und Agenturen begannen mitzumischen, war es leider vorbei.

Küstenfahrt nach St. Angelo, ausgehend von der
Maronti-Bucht. (Amalfi-Küste)

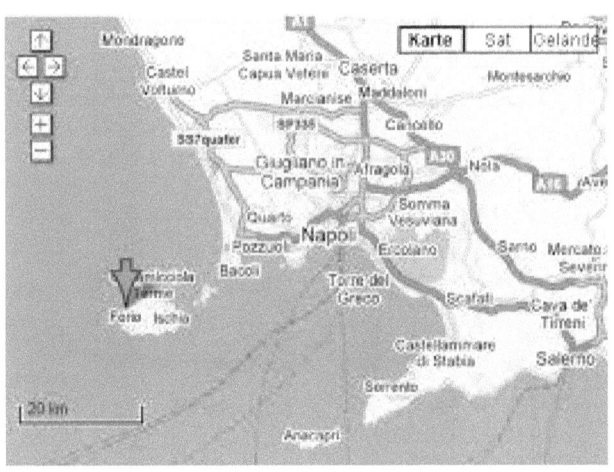

Der Musiker und seine Begleitung
(Wunderbare Reise in Italien)

3te Auflage
Schriftsatz und Layout:
Microsoft Word, Times New Roman 14°
Cover: Calibri
Layout: 13.5 x 21.5 cm

Scan: Hewlett Packard, HP
Illustration: Erica-Laurence Schneebeli,-Schneeberg
14 Federzeichnungen, Tusch, Pinsel und Bleistift.

Das Layout ist grösser und die Typografie ist jetzt
in Times und vergrössert Es gibt 1 neue Zeichnung und
einige Farbbilder sind hinzugekommen.

Bisher im Verlag Bod erschienen:

- **Der Musiker und seine Begleitung**, (Wunderbare Reise) illustriert 2018/2019
- **Alles ist schwer**, Kurzgeschichten, illustriert, 2018
- **Die Jukebox**, 3 Kurzgeschichten, Jugendbuch, illustriert, 2018
- **Schwester Adelheid**, Bericht einer Krankenschwester, illustriert, 2019
- **Imagination**, 5 Kurzgeschichten, illustriert, 2019
- **Der Mann mit der Jukebox**, Thriller, illustriert, 2019

Die Bücher sind nun auch bei Orell Füssli, Zürich, Buchhandlung, mit der ISBN unter dem Synonym oder dem Titel erhältlich. Ansonsten kann man sie bei BoD Books on Demand, bestellen
Dies ist kein Reiseführer, sämtliche Daten beziehen sich auf das Jahr 1972 – 74

Zürich, 25. September 2019